भय और तनाव
मुक्त कैसे रहें?

यश सिंघानिया

PG PUBLICATION

रोहिणी, दिल्ली –110089

पहला संस्करण : 2020

ISBN : 978-93-89984-35-4

प्रकाशक
प्रखर गूँज प्रकाशन
एच – 3/2, सेक्टर – 18,
रोहिणी, दिल्ली –110089
011-27851059, 7982710571, 7838505899

शब्द संयोजन एवं आवरण : प्रखर गूँज प्रकाशन

Bhaya or Tanav mukt kaise rahen
by
Yash Singhania

Published by
PRAKHAR GOONJ PRAKASHAN
H-3/2, Sector-18, Rohini
Delhi – 110089
Email : prakhargoonj@gmail.com
sinha.neelu123@gmail.com
011-27851059, 7982710571, 7838505899

प्राक्कथन

मनुष्य के जीवन में तनाव काफी विस्तार के साथ फैला हुआ है। जिस प्रकार तनाव का विषयक्षेत्र काफी गहरा तथा रहस्यपूर्ण है उसी प्रकार भय भी एक ऐसा कठिन विषय है जो मनुष्य को बार-बार सोचने के लिए मजबूर कर देता है तथा अनुसंधान एवं मनोविश्लेषण करने की अपेक्षा रखता है। प्रस्तुत पुस्तक में तनाव एवं भय उत्पन्न होने के कारणों तथा उनके निवारण के उपाय तलाशने की चेष्टा की गई है।

तनाव एवं भय से संबंधित अनेक बातें पाठक-गण इस पुस्तक के अंतर्गत पढ़ेंगे। किस प्रकार व्यक्तिगत, पारिवारिक तथा सामाजिक जीवन में तनाव व्यक्ति को परेशान करता है तथा विवेक की मदद से उसके ऊपर किस प्रकार काबू पाया जा सकता है, भय क्या है, उसकी सीमाएँ कहाँ तक हैं? क्या भूत प्रेत होते हैं अथवा नहीं?

इन सब बातों के अलावा चिंता, दुर्व्यसन तथा कुसंग के विषय पर भी संक्षिप्त रूप में इस पुस्तक में प्रकाश डालने की कोशिश की गई है। अध्याय पंद्रह तथा सोलह में तनाव एवं भय को मिटाने के अनेक तरीके पाठकों के लाभार्थ सुझाए गए हैं।

अंत में मैं पाठकवृंद से यही अपेक्षा रखता हूँ कि वे इस पुस्तक को पढ़कर तनाव एवं भय से मुक्त जीवन जीने की ओर कदम बढ़ायेंगे।

इन्हीं शुभकामनाओं के साथ।

- यश सिंघानिया

अनुक्रम

तनाव और भय के सूचक चिन्ह

तनाव

अविवेक का सूचक है
संबंधों में बिखराव लाता है
मतभेद उत्पन्न करता है
क्रोध का जनक है
दौर्बल्य की निशानी है
अभिमान, संशय को पुष्ट करता है
व्यक्ति को पतन के कगार पर पहुँचाने वाला है
शान्ति विनाशक है
स्वतंत्रता में बाधक है
पाशविक लक्षण है
प्रकृति-विरुद्ध है

भय

काम, क्रोध, लोभ, मोह, अहंकार और आलस्य के पश्चात् आने वाला सातवाँ विकार है।
विकास में बाधक है
मनुष्य के सुख-चैन का दुश्मन है
अंधविश्वास है
असत्यता है
पौरुषहीन व्यक्ति का लक्षण है
निराधार है
अनुमान है
कायरता है
कीट प्रवृत्ति है
साधना विरोधक है
विघ्नप्रद तथा समस्याप्रद है

'तनाव और भय'

मनन चिंतन के गंभीर दो पाठ हैं। तनाव मनुष्य को यदि पशु के समान बना देता है तो भय उसे नाली का-सा कीड़ा बनाने तथा नरक समान, दुर्बल व कायरता पूर्ण जीवन जीने के लिए मजबूर कर देता है।

आज के समय में तनाव को गहराई से जानने की आवश्यकता है क्योंकि आज संसार का लगभग प्रत्येक व्यक्ति तनाव से ग्रसित है। इसी प्रकार भय भी हमारे लिए एक समस्या है। भय कई प्रकार का होता है। मनुष्यों से लगने वाले भय और भूत-प्रेतों की काल्पनिक बातों से लगने वाले भय में बहुत अंतर है।

खेद की बात तो यह है कि हमारे पास भूत-प्रेत से संबंधित बातें तो बहुत सही हैं किंतु सत्य-असत्य के आधार पर इन बातों का फैसला करने का बल हमारे पास नहीं है। भूत होते हैं या नहीं, इस बात का स्पष्ट जवाब हमारे पास नहीं है। यह बड़े असमंजस की स्थिति है। हमें चाहिए कि हम इन सब बातों का तटस्थ अध्ययन तथा वैज्ञानिक मनोविश्लेषण करें।

"आन्तरिक एवं बाह्य"—दोनों ही प्रकार भय के माने जाते हैं।

आन्तरिक भय मन की किसी संभावना या बुरी कल्पना से लगता है जबकि बाह्य भय ऐसी-वैसी कोई भयानक वस्तु या अप्रिय व्यक्ति को देख लेने से अथवा प्रत्यक्ष दर्शन से होता है। भय चाहे आन्तरिक हो या बाह्य, दोनों ही प्रकार से बहुत खतरनाक होता है।

प्रायः देखा जाता है कि भय में लोगो को पसीना छूटता है। घबराहट में स्वेद-पात होना भी भय का बाहरी लक्षण है। हमारे देश में काम, क्रोध, लोभ, मोह तथा अहंकार आदि पाँच बुराइयों को पाँच मनोविकार कहा जाता है। छठवां मनोविकार आलस्य और सातवाँ भय है। जिस प्रकार अन्य विकार मनुष्य को दुःख देते हैं उसी प्रकार भय भी व्यक्ति के मन को बहुत कष्ट और दुःख पहुँचाता है।

तनाव केवल बड़ी उम्र के व्यक्तियों में ही नहीं होता। बच्चों अथवा कम उम्र के मनुष्यों में भी कम या अधिक मात्रा में इसका अंश देखा गया है।

किसी भी प्रकार के तनाव तथा भय को कम करने के लिए यह जरूरी है कि हम बहुत समझदारी तथा शान्ति से अपने जीवन के समग्र कार्य करें।

केवल मन की शान्ति द्वारा ही तनाव रूपी खिंचाव और भय रूपी बहाव को रोका जा सकता है।

मनुष्य के मन में कब तनाव प्रवेश करता है और कब भय घुसता है इसके बारे में स्थाई रूप से कुछ नहीं कहा जा सकता। जिस प्रकार गर्भाशय में बच्चे के आने का कुछ समय बाद पता लगता है उसी प्रकार तनाव और भय का पता, काफी देर बाद उस समय लगता है; जब उसके लक्षण चेहरे, माथे की रेखाओं तथा ओंठ की वक्राकृति से प्रकट होने लगते हैं।

तनाव और भय जैसी चीजें मनुष्य के शारीरिक और मानसिक स्वास्थ्य के लिए बहुत हानिकारक हैं अतः जहाँ तक हो सके, इन दोनों से हमें बचना चाहिए।

जिस प्रकार क्रोध मनुष्य की बुद्धि को खा जाता है उसी प्रकार तनाव मनुष्य का सर्वनाश करके छोड़ता है। (तनाव और भय से सम्बंधित विभिन्न बातों का विस्तृत और क्रमबद्ध अध्ययन हम अगले अध्यायों में करेंगे।)

1. तनाव का मूल कारण

आज विश्व में चारों ओर चिन्ता और कलह व्याप्त है। कोई अपने घर-परिवार से दुःखी है तो कोई अपने मित्र, संबंधी तथा अन्य किसी जन से। पिछले कई वर्षों में विज्ञान ने जितनी प्रगति की है, मनुष्य भौतिक सुख-सुविधाओं की ओर उतना ही अधिक आकृष्ट हुआ है। कई लोग विज्ञान को कोसते हुए कहते हैं कि विज्ञान ने क्या दिया? विज्ञान के साधनों के कारण आज यह दुनिया बहुत छोटी मालूम होती है। दिल्ली से मुम्बई तक की दूरी हवाई जहाज ने कितनी कम कर दी है। सोचने वाली बात है। जिस समय मनुष्य के पास विज्ञान प्रदत्त ये साधन नहीं थे, वह पहले भी सुखी था।

इसका मतलब यह नहीं है कि विज्ञान ने मनुष्य के दिल पर कोई चोट पहुँचाई है। मनुष्य के पतन में सहायक कुछ बातें ऐसी हैं जो मनुष्य के स्वभाव और उसकी अन्तरात्मा से संबंधित हैं। जैसे कि मनुष्य की संगति और उसकी बुरी आदतें। जब मनुष्य की अन्तरात्मा के अन्दर खराबी आती है तो वह अपनी जीवन-दिशा से भटक जाता है। ऐसा मनुष्य प्रायः दूसरों के बारे में गलत सोचने लगता है तथा बुरी-विचारधारा बनाता है।

आरंभ में हमने जिस वैज्ञानिक प्रगति की बात की है, मानव की गिरावट या उसके गिरते हुए जीवन-स्तर के लिए उसे दोष देना व्यर्थ है। हाँ, मनुष्य के पतन में सहायक उसकी अनेक सूक्ष्म बुराइयाँ, कुसंग तथा बुरे व्यसन अवश्य हैं। इन सब बुरी चीजों से जहाँ तक हो सके, हमें बचने का प्रयत्न करना चाहिए।

तनाव के मूल कारणों में चिन्ता एक प्रमुख कारण है। जिस मनुष्य को चिन्ता लग जाती है वह अनेक प्रकार के तनावों से ग्रसित हो जाता है।

चिन्ता का रूप चिता के समान समझना चाहिए। चिता तो मनुष्य का केवल शरीर ही जलाती है परन्तु चिन्ता तन के साथ उसके मन को भी राख बना देती है। चिन्ता मनुष्य के जीवन का प्रथम शत्रु है। इसके कारण मनुष्य अपनी ही सुलगाई हुई आग में हर दिन जलता रहता है।

विश्व में आज मनुष्यों के अन्दर जितनी मात्रा में चिन्ता व्याप्त है उसका मूल कारण या तो भविष्य में होने वाले किसी अनर्थ के प्रति आशंका है या फिर

अनुमान के फलस्वरूप होने वाला संदेह है। ये दोनों ही बातें चिन्ता को पर्याप्त रूप से पोषण प्रदान करने वाली हैं।

भविष्य के प्रति वे लोग शंका करते हैं जिनको अपने वर्तमान जीवन से पूर्ण सन्तोष नहीं मिलता। यदि मनुष्य अपने दैनिक जीवन के प्रति पूरी तरह आश्वस्त हो तो वह कभी भी अपने आने वाले कल के बारे में बुरा नहीं सोचेगा। अनुमान केवल वे ही लोग लगाया करते हैं जिनकी चिन्तन शक्ति और निर्णय शक्ति कमजोर होती है।

अनुमान और आशंका के पश्चात चिन्ता का तीसरा कारण अपने द्वारा की हुई किसी गलती का भय या पाप का डर है। भय के विषय को हमने इस पुस्तक में अलग अध्याय में रखा है। भय एक ऐसी वस्तु है जो चिन्ता को प्रत्यक्ष रूप से प्रभावित करती है।

भविष्य के प्रति चिन्ता कैसी?

महापुरुषों का कथन है कि संसार में जो होना होता है वही होकर रहता है। विधि के लिखे को तो विधाता भी नहीं टाल सकता, फिर साधारण मनुष्य की तो बात ही क्या है?

मनुष्य का धर्म केवल कर्त्तव्य करना है, फल देना ईश्वर के हाथ में है। ईश्वर को अपना पिता एवं साक्षी (साथी) मानकर मनुष्य को सदैव श्रेष्ठ कर्म ही करने चाहिए। यदि हम परहितार्थ अच्छे काम करेंगे तो परमात्मा भी हमें उसका अच्छा ही फल देगा।

भले कार्य समाज को लाभ पहुँचाते हैं। ऐसे शुभ कर्मों से मनुष्य की भी उन्नति होती है। चिन्ता हमेशा उनको सताती है जो लोग असत्य सोचते हैं। सदैव अपने कर्त्तव्य में व्यस्त रहने वाले व्यक्ति को न तो कोई चिन्ता और न किसी प्रकार की व्याधा ही सताती है। वह तो सदैव अपने कार्य में ही मस्त रहता है। इसके अलावा जो लोग व्यर्थ की गपशप, कुसंग और कुव्यसनों में अपना समय बर्बाद करते हैं, चेत आने पर उन्हें भी चिन्ता सताने लगती है।

भगवान की ओर से प्रत्येक मनुष्य को जीवन की साँसें अनमोल मिली हुई हैं। प्रत्येक साँस मनुष्य के शरीर में गिनती की होती है। लोग जिसे मृत्यु कहते हैं वह मानव के जीवन की अन्तिम साँस ही तो होती है।

चिन्ता पतन की मूल जड़

वृक्ष के अन्दर मूल या जड़ एक ऐसी चीज होती है जिससे सारे वृक्ष को

पोषण प्राप्त होता है। किसी भवन या इमारत की जड़ अगर कमजोर होती है तो सारी ही इमारत कमजोर समझी जाती है। मनुष्य का चरित्र भी उसके जीवन की एक इमारत है। यदि इस इमारत में चिन्ता जैसी दीमक लग जाएगी तो जीवन का भविष्य अंधकारमय हो जाएगा अतः समय के रहते हुए मनुष्य को चरित्र के मामले में सदैव सचेत रहना चाहिए। चिन्ता तनाव का जनक एवं पोषक है जो व्यक्ति को रात-दिन परेशान करता रहता है अतः—

जहाँ तक हो सके, हम चिन्ता जैसी व्यर्थ वस्तु का बहिष्कार करना तीखें। चिन्ता से अधिक दोस्ती पालना बेकार है। चिन्ता के अलावा तनााव के और भी कई कारण हो सकते हैं। तनाव किसी भी बात के कारण आ सकता है। जब आदमी किसी छोटी सी बात को फील महसूस कर जाता है तो उसे तनाव आ जाता है।

2. चिन्ता और तनाव का सम्बन्ध

चिन्ता का तनाव के साथ सम्बन्ध ज्ञात करने से पहले हम समझ लें कि तनाव है क्या चीज? तनाव को अग्रेजी में टेन्शन (Tension) कहते हैं। विज्ञान के विधार्थी तनाव की परिभाषा को बहुत अच्छी तरह से जानते हैं। भौतिक विज्ञान में तनाव को लेकर एक शब्द आता है—पृष्ठ तनाव या सर्फेस टेन्शन (Surface tension)। यह पृष्ठ तनाव जल में सर्वाधिक होता है। पृष्ठ तनाव के कारण ही तो जल किसी पात्र में ठहर पाता है।

मनोविज्ञान में तनाव का अर्थ दूसरे प्रकार से लिया जाता है। जब हम मानसिक तनाव की बात करते हैं तो उसका मतलब दिमाग के कुछ झंझट, परेशानीयाँ, समस्याएँ होती हैं। आज लगभग प्रत्येक व्यक्ति थोड़ी या बहुत मात्रा में इस मानसिक तनाव से ग्रस्त है। मान लीजिए, किसी दुकानदार को व्यापार में घाटा पड़ जाता है तो वहीं से उसके मानसिक तनाव की कहानी शुरू हो जाती है। मनुष्य के मस्तिष्क में तनाव कई बातों से आता है। जब मनुष्य को एक साथ कई बातें अन्दर ही अन्दर झकझोरने लगती हैं तो उसके मस्तिष्क में तनाव उत्पन्न हो जाता है।

घर की अनेक प्रकार की समस्याओं से भी मनुष्य तनावग्रस्त हो जाता है। इस प्रकार हम देखते हैं कि मानव के मस्तिष्क में तनाव के आने का मूल कारण अनेक प्रकार के व्यर्थ संकल्प हैं। यदि हम एक समय में केवल एक ही बात सोचें या एक ही विचार उठायें तों तनाव के आने का प्रश्न ही नहीं है। परन्तु होता यह है कि हम एक साथ एक के बाद एक कई प्रकार की बातें सोचते जाते हैं और इन सब बातों से हमारे दिमाग में एक प्रकार की खिचड़ी सी पक जाती है जो हमारे दिमाग को परेशान करती है। यह बात केवल उसी समय या उसी दिन ही नहीं, बल्कि, कई-कई दिन तक हमारे तन-मन को कचोटती और परेशान करती रहती है। नन्हे-नन्हे बच्चो के जीवन में तनाव का आशय बहुत सीमित दायरे तक होता है। आज स्कूल का होमवर्क पूरा नहीं कर पाये इसीलिए तनाव हो गया। आज किसी विद्यार्थी या साथी से झगड़ा हो गया तो दिमाग अपसैट हो गया। किन्तु मनुष्य जैसे-जैसे बड़ा होता जाता है उसके तनाव के दायरे और भी ज्यादा

विस्तृत होते जाते हैं। अब उसके तनाव का क्षेत्र केवल स्कूल ,घर या बाजार-दुकान तक ही सीमित नहीं रह जाता बल्कि अपना दफ्तर या कर्म क्षेत्र का विस्तार भी उसके मानसिक तनाव का कारण बन जाता है।

बच्चों के मानसिक तनाव का निपटारा तो किया जा सकता है लेकिन बड़ों के मानसिक तनाव का फैसला कर पाना असंभव होता है। एक-एक मनुष्य के दिमाग और जीवन की समस्याएँ अनेकों होती हैं तथा उन सभी समस्याओं की जड़ मनुष्य के जीवन में बहुत गहरी होती है।

चिन्ता व तनाव

चिन्ता से तनाव उत्पन्न होता है। तनाव के आने के कारणों में यह एक प्रमुख कारण है। आजकल दुकानदारों, व्यापारियों तथा सरकारी अफसरों को अपने कार्यक्षेत्र के संबंध में अनेक प्रकार की चिन्ताएँ लग जाती हैं। जैसा कि पहले बताया जा चुका है कि यदि किसी व्यापारी व्यक्ति को अपनी दुकान या व्यापार में घाटा पड़ जाता है तो उसे अपने भविष्य के प्रति अनेक प्रकार की बुरी आशंकाएँ होने लगती हैं तथा उसका मस्तिष्क भी अत्यधिक तनाव से भर जाता है। यही हाल एक अफसर व्यक्ति के साथ होता है। जब कोई अफसर रिश्वत लेते हुए पकड़ा जाता है तो उसे समाज का भय अथवा चिन्ता सताने लगती है। यह भय अथवा चिन्ता ही उसके जीवन को तनावमय बनाने वाली होती है। इस प्रकार हम देखते है कि चिन्ता व तनाव का आपस में बहुत गहरा संबंध है। इनमें से एक के बिना दूसरे की उत्पत्ति नहीं हो सकती है। तनाव के आने के यों तो अन्य कई कारण और भी हैं किन्तु तनाव की सबसे ज्यादा खुराक चिन्ता की भूमिका को पूरी तरह नहीं भुलाया जा सकता।

व्यर्थ की मानसिक हलचल

कभी-कभी न चाहते हुए भी मनुष्य के दिमाग में बेकार की हलचल या उथल-पुथल होने लगती है। यद्यपि इसका प्रत्यक्ष कारण किसी को नजर नहीं आता परन्तु गुप्त रूप से मनुष्य की आत्मा की कमजोरी या उसकी असमर्थता ही इस प्रकार की हलचल को जन्म दिया करती है। कहते हैं कि पानी से आधी भरी हुई गगरी छलकती है जबकि पूरी गगरी का जल नहीं फैलता। इसी प्रकार जो मनुष्य आत्मिक शक्ति तथा दिव्य गुणों से सम्पन्न होता है वह कभी भी बेकार की या फालतू बातें नहीं करता। उसका दिमाग भी सदैव शान्त होता है। उसके जीवन में किसी को भी कोई हलचल दिखाई नहीं देती।

ज्ञान का अभाव या अधूरा ज्ञान ही इस प्रकार की विकट परिस्थिति का

जन्मदाता है। इस संसार में अनेक ज्ञानी और विद्वान हैं। कभी-कभी ज्ञान का भी मनुष्य को उल्टा अभिमान आ जाता है तब वह अपने आपको पूर्ण ज्ञानी या सम्पूर्ण समझने लगता है। ऐसे लोग समय आने पर अपने आप से धोखा खा लेते हैं तथा परिस्थिति का पूरी तरह से मुकाबला नही कर पाते। माया नाम की बुराई आ जाने के कारण उनकी ज्ञान की शक्ति अत्यन्त क्षीण हो जाती है तथा ऐसे व्यक्ति शीघ्र निराशा को प्राप्त होते हैं।

अशान्ति और तनाव

चिन्ता से मनुष्य के मन में अशान्ति या हलचल पैदा होती है जो फिर मनुष्य के मस्तिष्क में मानसिक तनाव नामक रोग को उत्पन्न करती है। अशान्ति के ही कारण मनुष्य आज इतना दुःखी तथा परेशान हुआ है।

मानव के जीवन में शान्ति का महत्त्व

जिस प्रकार भोजन करने से मनुष्य को शारीरिक तृप्ति मिलती है उसी प्रकार शान्ति व स्नेह मिल जाने से उसे अजीब सन्तुष्टि का आभास होता है। हमारे देश के प्राचीन काल के ऋषि-मुनि अधिकतर शान्त रहना पसंद करते थे। अधिक बातचीत या वार्तालाप से मनुष्य का मन जरूरत से ज्यादा विचलित या परेशान हो जाता है। शान्ति वह शीतल जल है जो मनुष्य के मन की प्यास बुझाता है। ठीक उसी तरह जिस तरह गर्मियों के दिनों में तपतपाती ठीक दुपहरी में किसी पथिक अथवा यात्री को पानी की एक बूँद बहुत सहारा देती है। आज सारे संसार में मनुष्य बुराइयों से अधिक घिरे होने के कारण अत्यधिक परेशान एवं व्याकुल हैं। शान्त रहना आज के समय की सबसे बड़ी आवश्यकता है। यदि हम अपने घर, परिषद या कर्मक्षेत्र पर शान्त स्वभाव धारण करके चलते हैं तो हमसे आसपास के लोग भी अप्रत्यक्ष रूप से प्रभावित होते हैं। शान्ति के प्रकम्पन हमारे द्वारा उत्पन्न होकर सारे वातावरण में फैलते हैं तथा मनुष्यता के साथ-साथ प्रकृति के तत्त्वों को भी प्रभावित करते हैं।

शान्ति से ही मानसिक तनाव की समाप्ति

मानसिक तनाव एक प्रकार की समस्या या जीवन का गंभीर विषय है किन्तु ऐसी बात नहीं कि इस समस्या से छुटकारा नही पाया जा सकता। यदि हम सदैव शान्त रहना सीख लें तो तनाव जैसे कठिन रोग से आसानी से मुक्ति पा सकते हैं।

शान्ति जीवन का सच्चा सौन्दर्य है। वास्तव में मानव इसी गुण के कारण ही सुन्दर दिखाई देता है। यदि आदमी के जीवन में शान्ति नही तो वह अथाह धन दौलत या सम्पत्ति रखते हुए भी निरा कंगाल है। दूसरे शब्दों में कहना चाहिए कि शान्ति ही मनुष्य का सबसे बड़ा धन है। कहा गया है कि अगर चरित्र चला गया तो समझिए कि सब कुछ चला गया। ठीक उसी तरह यदि मनुष्य के मन से शान्ति मिट गई तो उसका सब कुछ मिट जाना समझिए।

तनाव की स्थिति में मनुष्य के दिमाग में जो खिंचाव उत्पन्न होता है, वह शान्ति के आ जाने से उत्तरोत्तर ढीला होने लगता है। मन की रस्सियाँ जो पहले बुरी तरह उलझी हुई थीं, अब क्रमशः ढीली होने लगती हैं। शान्ति के आ जाने से मनुष्य आनन्द का अनुभव करने लगता है।

3. तनावग्रस्त जीवन में वाणी का महत्त्व

"ऐसी वाणी बोलिए मन का आपा खोय।
औरो को शीतल करे, आपहु शीतल होय।।"

मनुष्य के जीवन में मुख की वाणी का बड़ा महत्त्व है। खासकर उस स्थिति में जबकि मनुष्य सबसे ज्यादा तनावग्रस्त होता है। उस समय यदि कोई व्यक्ति उससे प्रेम के दो शब्द या दो मीठे शब्द बोल देता है तो उसे अपूर्व आत्मसंतुष्टि व शान्ति का अनुभव होता है। यों तो अच्छी आवाज हरेक मनुष्य का दिल लुभाने वाली होती है किन्तु अगर उस मधुर आवाज के साथ अच्छी भावनाएँ जुड़ जायें तो वह किसी भी तनावग्रस्त व्यक्ति का हृदय परिवर्तन करने में या उसका मानस बदलने में जादू का काम करती है।

कोयल के बारे में तो आपने सुना ही होगा। आपमें से अधिकांश पाठक ऐसे भी होंगे जो सावन की ऋतु में कोकिल का मधुर स्वर सुनते होंगे। जब कोयल गाती है तो दिल में तसल्ली पैदा होती है। सुनने वाला मनुष्य समझता है कि कोयल हमारा हृदय लुभाने के लिए गा रही है।

हमारे जीवन के उज्ज्वल भविष्य के लिए यह जरूरी है कि हमारी आवाज में मधुरता हो। हम सदैव बोलते ही न रहें। अर्थात हम बहुत कम बोलें। जब मनुष्य अपने मन में अनेक प्रकार के विचार उठाता है तो उसे अधिक बोलना पड़ता है। अगर हम कम सोचेंगे तो निश्चित रूप से कम ही बोलेंगे। अतः व्यर्थ के अधिक बोल बोलने से बेहतर है कि हम बहुत कम, समर्थ बोल बोलें। हमारे मुख के शब्द सदैव सारयुक्त होने चाहिए।

वाणी के संबंध में ध्वनि की तीव्रता का न ही होना अभीष्ट है। कहते हैं देवी-देवता लोग इशारों से बातचीत करते हैं। अगर हम इशारों से एक दूसरे को अपनी बात न समझायें तो कम से कम किसी जानवर या गधे की तरह भी न चिल्लायें। आशय यह है कि हमें बहुत मन्द आवाज में बात करनी चाहिए। वर्तमान समय में वातावरणीय प्रदूषण का एक मुख्य कारण ध्वनि-प्रदूषण है। प्रतिदिन हम जितने भी शब्द-बोलते हैं वे सब वायुमण्डल में फैलकर परिवर्तन उत्पन्न करते हैं। विज्ञान ने सिद्ध किया है कि ऊर्जा कभी नष्ट नहीं होती। मनुष्य के मुख की आवाज भी वातावरण मे जमा होती जाती है। हम खुद सोचें कि अधिक बोलकर हम प्रकृति का कितना संतुलन

बिगाड़ रहे हैं। पूर्वोक्त सभी बातों का सार हम दो शब्दों में इस प्रकार समझ सकते हैं।

"सदेव मधुर बोलें
कम बोलें तथा
धीमा बोले।"

ईश्वर ने प्रत्येक मनुष्य को वाणी अवश्य दी है किन्तु वह फालतू बोलने के लिए नहीं बल्कि समर्थ और सारयुक्त वचन बोलने के लिए दी है। आप खुद भी देख सकते हैं कि जो लोग अधिक बोलते हैं, समाज के जन उन्हें श्रद्धा और आदर की दृष्टि से नहीं देखते। पाठकों ने शायद "वाचालो लभते नाशम्" वाली संस्कृत-कथा तो अवश्य सुनी ही होगी। कथा यह है कि एक कछुआ था जिसकी दो हंसों से मित्रता थी। हंस सदैव आकाश में उड़ते थे और कछुआ भी चाहता था कि वह भी कभी आकाश की सैर करे। एक दिन अपने दोनों मित्रों के सामने कछुए ने अपने मन की इच्छा प्रकट की। हंसों ने कहा कि उसे आकाश की सैर तो करा देंगे किन्तु शर्त यह है कि कछुआ कुछ भी न बोलेगा। हंस कछुए की बाचाल प्रवृति को जानते थे। नियत समय पर कछुए ने आकाश की सैर करना आरम्भ किया। हंसों ने एक लकड़ी के टुकड़े के दोनों छोरो को अपनी चोंचों में दबा लिया, बीच में कछुआ लकड़ी को अपने मुँह में भरकर लटक गया। अब वे सब आकाश की सैर करने लगे। आकाश में घूमते हुए कछुए को खूब आनंद आया। एकाएक उसने नीचे एक अद्भुत दृश्य देखा। एक किसान अपनी मरी हुई गाय को डंडा मार रहा था। एक जगह दूसरा दृश्य था, कोई जानवर किसी व्यक्ति को मारने दौड़ पड़ा था। ऐसे अजीब दृश्य को देखकर कछुए को ताज्जुब हुआ। उसने सोचा कि मेरे दोनों मित्रों को शायद इस बात का पता नहीं है अतः मैं इसके बारे में उनसे कहता हूँ। ऐसा सोचकर उसने जैसे ही अपना मुख खोला तो वह कई फुट नीचे धड़ाम से (पृथ्वी पर) गिर पड़ा। उस समय कछुए को काफी चोटें आईं। उसके कोमल अंगों में कई दिनों तक दर्द होता रहा। आप देख सकते है कि अपने वाचाल स्वभाव के कारण कछुए को कितनी हानि उठानी पड़ी। इस कहानी से यह अंदाज लगाया जा सकता है कि ज्यादा बोलना जीवन के लिए कितना खराब है?

बातों में मिठास कैसे आये?

कई लोग बोलना तो अच्छा चाहते हैं लेकिन फिर भी उनके मुख से दूसरों के प्रति उल्टे शब्द निकल जाते हैं। मनुष्य की वाणी का उसके मन से बहुत गहरा सम्बन्ध हैं। हमारे मन में अच्छे विचार पैदा होंगे तो हमारी आवाज भी मधुर होगी बुरे संकल्प

करने वाला व्यक्ति कभी भी किसी के लिए कल्याणकारी बोल नहीं बोल सकता।

जब मनुष्य के मन में घृणा, ईर्ष्या, द्वेष जैसे विचार घर कर जाते हैं तो उसकी आवाज भी कठोर हो जाती हैं। इसी कठोर आवाज के कारण मन में तनाव बढ़ता है और मनुष्य का जीवन क्लेशों से भर जाता है।

वाणी को मधुर बनाने के लिए हमें सबसे पहले अच्छा सोचना होगा। अपने मन में सबके प्रति कल्याणकारी विचार तथा शुभ भावनाएँ रखनी होंगी। तभी हम अच्छा एवं मधुर बोल सकते हैं।

कभी-कभी अधिक कटु शब्द सुनकर भी आदमी को तनाव आ जाता है। इस बात को जानकर हम सदा ही कठोर बोल बोलने से बचे रहें क्योंकि जो चीज हमको पसंद नहीं आती, वह दूसरों के लिए भी दुखदायी या अप्रिय हो सकती है।

अधिक कटु आवाज के प्रभाव को तेज धार वाले तीर के घाव की तरह कहा गया है। जिस प्रकार तीर मनुष्य को घायल कर देता है उसी प्रकार कठोर या कटु आवाज (अथवा व्यंग्य मुक्त वाणी) भी मनुष्य के हृदय, मन को काफी अंदर तक घायल कर देती है। वाणी के तीर से घायल हुआ व्यक्ति न सिर्फ कराहता है या छटपटाता है बल्कि वह वक्ता से बदला लेने का विचार मन में सोचता है।

प्राचीन काल में हुए महाभारत युद्ध के कारण को ही लें। अपने घर में यदि द्रोपदी दुर्योधन से व्यंग्य युक्त वाणी नहीं कहती तो दुर्योधन क्यों पाण्डवों से अपने अपमान का बदला लेने की बात सोचता? कर्ण ने भी तो पाण्डवों के मुख से अपने लिए कटु शब्द (शूद्र) सुना था और इसी शब्द से घायल होकर उसने दुराचारी दुर्योधन तथा कौरवों का साथ दिया था।

अच्छे, कल्याणकारी बोल मनुष्य के लिए वरदान साबित हो जाते हैं। शाप और वरदान हमेशा मुख द्वारा ही दिया जाता है।

शाप अमंगलसूचक शब्दों को कहते हैं। शापयुक्त वचनों से मनुष्य का जीवन संकट में पड़ जाता है। इसके विपरीत वरदान मंगलकारी वचन होते हैं। वरदानों से मनुष्य का जीवन सुखमय बनता है। शाप और वरदान देने वाले व्यक्तियों के उदाहरण हम अपने राष्ट्र के प्राचीन इतिहास में देख सकते हैं। दुर्वासा इत्यादि उग्र स्वभाव वाले ऋषि शाप देने में हिचकिचाते नहीं थे। अगर वे किसी मनुष्य को उल्टा कर्म करता हुआ देखते थे तो उन्हें क्रोध आ जाता था। फलस्वरूप उनके मुख से दुष्कर्म करने वाले व्यक्ति के प्रति कटु वचन निकलते थे।

वरदान देने वाले व्यक्तियों में हम देवी-देवता जैसे श्रेष्ठ और सदगुणाचारी मनुष्यों को रख सकते हैं। श्री राम, कृष्ण, सावित्री, गायत्री, आदि ऐसे ही चैतन्य देवी-देवता थे जिनके अस्तित्व चिन्ह मंदिरो में आज भी विधमान हैं।

क्या ईश्वर अथवा परमात्मा किसी का अमंगल चाहता है?

शाप देने का स्वभाव मनुष्यों का हो सकता है, ईश्वर का नहीं। ईश्वर के लिए तो संसार के सभी लोग उसके बच्चे ही हैं। वह अपने सब बच्चों को, चाहे वह स्त्री हो या पुरुष; बच्चा हो या बच्ची—समान रूप से देखता है और समान भाव से सबका कल्याण चाहता है। भगवान न तो किसी को मारना चाहता है और न शाप देना चाहता है। ईश्वर मनुष्य को अच्छा या बुरा कर्म करने की छूट देता है किन्तु उन कर्मों के फल का अधिकार अपने पास सुरक्षित रखता है।

सच्चे मायने में भगवान सबका न्यायाधीश है। वह वकीलों की तरह लोगों के गुण-दोष नहीं निकालता बल्कि एक न्यायाधिकारी की तरह (कयामत के समय) फैसला सुनाता है। यह बात सही है कि ईश्वर का किया हुआ फैसला बिल्कुल ठीक होता है। निर्णय देने में वह कोई चूक नहीं कर सकता।

प्रभु जितने विशाल हृदय वाले, उच्च और श्रेष्ठ हैं, हमें भी उनके समान अच्छे गुण धारण करने का प्रयत्न करना चाहिए। भगवान वह शक्ति है जो मनुष्य के जीवन का समस्त तनाव और असंतोष मिटाती है।

4. भय क्या है?

जिन बातों से मनुष्य को डर लगता है, वे भयास्पद कही जाती हैं। भय एक ऐसी चीज है जिसमें मनुष्य घुटनभरी साँस लेता है। भय के अधिकांश विषय भूत या भूतकाल से सम्बंधित हैं। भय कई प्रकार का होता है। अधिकतर लोग बेकार की बातों के अंधविश्वास को लेकर दुःखी होते हैं जबकि कई लोगों को किसी व्यक्ति, पशु-पक्षी, कीट-सर्प या किसी वस्तु से डर लगता है।

भय चाहे किसी भी प्रकार का क्यों न हो, भय का मूल कारण मनुष्य का अज्ञान ही है। किसी संदेह, भ्रम या अनुमान के कारण ही मनुष्य को भय लगता है। प्रायः भय के बीज मनुष्य के अंदर बचपन में ही डाल दिये जाते हैं। बच्चों को दादी-नानियाँ शाम के समय भूत-प्रेत, जिन्न, राक्षस आदि की कहानियाँ अकसर सुनाया करती हैं और बच्चा यह सोचने पर मजबूर हो जाता है कि वे सब कैसे? लोग होते हैं। बच्चे अपने बड़ों के मुख से भूत-प्रेत, राक्षसों के बड़े-बड़े दाँत, नाखून, सींग आदि जैसे भयंकर रूप की बात सुनते हैं तो उनके अंदर भय का बीज पनपने लगता है। उनको आये दिन रात में और दिन में इस बात का भय बना रहता है कि उनका सामना कहीं किसी भूत, प्रेत, पिशाच या राक्षस से न हो जाये। यदि हम चाहते हैं कि हमारे बच्चों में भय के ऐसे संस्कार जन्म न लें तो हम उनको ऐसी भयजनक बातें न सुनाएँ और न किसी से सुनने में रुचि लेने दें। भूत-प्रेतो की कहानियों के बजाय हमें बच्चों को भारतीय संस्कृति की गौरवशाली सुन्दर-सुन्दर बातें बतानी चाहिए। जैसे कि हम उनको अपनी देवसंस्कृति से परिचित करायें तथा बच्चों को बताएँ कि हमारे देश की सभ्यता शुरू से ही कितनी ऊँची रही है?

जब बच्चा अपने देश की संस्कृति की बात सीखेगा तो उसके मन में अपने देश के प्रति नये विचार उत्पन्न होंगे तथा ऐसी ही श्रेष्ठ बातों के आधार पर वह महानता की प्राप्ति करेगा। यदि हम अपने बच्चों को महान देवी-देवताओं के बचपन के रूप की झाँकी दिखायें तो वे भी उसका अनुसरण करने लगेंगे। हम बच्चों को श्रीकृष्ण जी के बाल जीवन की बातें बताएँ तथा उन्हें अनेक महापुरूषों के प्रेरणादायी जीवन की बातें या प्रेरणास्पद किस्से सुना सकते हैं। इससे बच्चे अच्छी राह की ओर कदम बढ़ा सकते हैं। अंग्रेजी साहित्य में भय के

झूठे भूतों से अपने घर के किरायेदारों को डराने वाले एक मकान मालिक की कथा है। वह अपने घर में कोई भी किरायेदार बसाना नहीं चाहता था। लोग उसके घर को 'भूतहा मकान' कहते थे। आसपास के इलाके का कोई भी मनुष्य उसके घर में किरायेदार बनकर नही रहना चाहता था परन्तु जब कभी दूर देश का कोई व्यक्ति अनजाने उसके घर में किरायेदार बनकर रहने लगता था तो उसे रात के समय मकान की छत पर भूत दिखाई देने लगते थे। एक बार कोई साहसी व्याक्ति वह मकान किराये पर लेने के लिए आया। मकान मालिक डरता था कि कोई किरायेदार उसके मकान पर अधिकार न कर ले।

एक रात जब वह साहसी व्यक्ति अपने परिवार के साथ कमरे में सो रहा था तो अचानक जोर-जोर से किसी के रोने की आवाजें आने लगीं। छत पर किसी के चलने की आहट भी सुनाई दी। वह व्यक्ति आवाज के सहारे झट छत पर आया। तभी उसे छत पर कुछ ही दूरी पर एक कंकाल जाता हुआ दिखाई दिया। उसने हिम्मत करके उस कंकाल जैसी आकृति का पीछा किया और उसे पकड़कर अपने कमरे में ले आया। सभी ने देखा, भूत के वेश में वह उसका मकान मालिक ही था। साहसी व्यक्ति के मुख से निकला–

–"अंकल तुम!"

भूत-प्रेत की बातों में हमें कभी विश्वास नही करना चाहिए। भूत होते हैं या नहीं, इस बात की गहराई में जाना बेकार है क्योंकि यह एक ऐसा विषय है जिसका कोई आधार नहीं है। कई लोगों को छायाकृतियाँ दिखाई दी हैं लेकिन सभी लोगों ने उसे नहीं देखा। सत्य केवल वही कहा जा सकता है जिसे सबने अनुभव किया हो। ईश्वर सत्य अवश्य है क्योंकि उसे प्रायः सभी मानते हैं। नास्तिक लोग भी जीवन के नाजुक मोड़ पर परमेश्वर की सत्ता मानने से इंकार नहीं करते।

जहाँ तक इस पुस्तक के लेखक का सवाल है, आज तक इसने भूत-प्रेत, जादू टौने पर विश्वास नहीं किया और न ही कभी भूतों को देखा है। मेरा यह मानना है कि भूत अगर दुनिया में होते भी होंगे तो वह ज्ञानी पुरुष से दूर रहते होंगे अतः भूत-प्रेत की बातों पर विश्वास करने की बजाय हमें ज्ञानी बनने का प्रयत्न करना चाहिए।

विज्ञान क्या कहता है?

भूत-प्रेतों के संबंध में विज्ञान बिल्कुल मौन है। जिस प्रकार वह परमेश्वर की अदृश्य सत्ता को अस्वीकार करता है उसी तरह से भूत प्रेत की बातों पर भी वह अधिक ध्यान देना नहीं चाहता। वैसे भूत और भगवान अलग-अलग चीजें हैं।

एक विषय भय से तथा दूसरा विषय श्रद्धा आस्था से संबंध रखता है। भगवान के ऊपर विश्वास करना बुरा नहीं है क्योंकि उससे किसी का अहित नहीं होता बल्कि मनुष्य का जीवन में भला ही होता है जबकि भय से सिवाय हानि के और कुछ प्राप्ति नहीं होती है। भय की सबसे बड़ी हानि मानव को मानसिक रूप से होती है। मन में किसी बात का भय समा जाने से उसका किसी भी कार्य में मन नहीं लगता। वह प्रायः चिड़चिड़े, स्वभाव वाला हो जाता है। बात-बात पर रूठना, किसी का भी सामना न कर सकना, यह सब भय के कारण ही तो होता है।

किसी मनुष्य से भय क्यों?

कहते हैं कि मनुष्य केवल भगवान से डरे, और किसी से न डरे। यदि हम भगवान से डरेंगे तो उससे हमारा भला ही होगा। हम सदैव बुरे काम करने से डरते रहेंगे। यदि हम किसी मनुष्य से डरते हैं तो इसका अर्थ यह है कि हम स्वयं ही अपने जीवन में पतन के बीज बोते हैं।

भय और कुछ चाहे क्यों न करता हो, वह हमको पतनगामी अवश्य बना देता है। यदि कोई मनुष्य अपनी भौतिक शक्ति दिखाकर हमें डराना चाहता है तो हम उससे बिल्कुल न डरें। डरने के बजाय हमें ऐसे व्यक्ति का बहादुरी के साथ मुकाबला करना चाहिए।

विवेक की कक्षा में रामनाथ नाम का एक छात्र पढ़ता था। रामनाथ और लड़कों से भिन्न उग्र एवं झगड़ालू प्रवृति का लड़का था। आये दिन वह क्लास में तथा अपने स्कूल में कोई न कोई शैतानी हरकत करता था। विवेक सीधा-सादा और बुद्धिमान लड़का था। वह पढ़ाई में हमेशा फस्ट आता था; परन्तु रामनाथ से वह बहुत घबराता था। रामनाथ विवेक पर अपना रौब दिखाकर अपना काम निकाल लेता था।

रामनाथ अपने हिस्से का होमवर्क विवेक को करने के लिए देता और विवेक को मजबूरन उसका कार्य करना पड़ता। इसके बदले में रामनाथ विवेक की कोई मदद नहीं किया करता था। विवेक एक गरीब बाप का लड़का था जबकि रामनाथ धनवान पिता का पुत्र था। न तो आर्थिक रूप से और न ही किसी अन्य तरीके से उसने विवेक की मदद की।

विवेक की आन्तरिक घबराहट को उसकी क्लास का प्रत्येक छात्र समझता था लेकिन किसी को भी रामनाथ से कुछ कहने की हिम्मत नहीं होती थी।

एक दिन कक्षा के सभी छात्र इतिहास के अध्यापक से सिकन्दर का पाठ पढ़ रहे थे। पाठ में किसी भारतीय ऋषि का एक छोटा सा किस्सा था। वह ऋषि

ईश्वर का सच्चा आराधक था और किसी से डरता न था। उन दिनों सिकन्दर के मारे पूरा विश्व काँपता था। वह विश्व-विजयी बनने का सपना लेकर भारत आया हुआ था। एक-एक करके भारत के कई प्रान्तों के राजा उसने अपने अधीन कर लिए थे। एक दिन जब सिकन्दर अपने युद्ध के खेमें में अपने सिपाहियों के साथ बैठा हुआ था तो उसने अपने सैनापति से पूछा कि क्या भारत में अब कोई ऐसा व्यक्ति है जो मुझसे न घबराता हो?

सेनापति ने काफी सोच-विचार कर कहा—"महाराज! इस विचित्र देश में एक अजूबा इंसान ऐसा है जो आपसे तो क्या, किसी से भी डरने के लिए राजी नहीं है।"

"अजूबा इंसान! कौन है वह?"— सिकन्दर ने पूछा।

सेनापति ने कहना प्रारम्भ किया—"जहाँपनाह, एक बूढ़ा मुनि है। बड़ी-बड़ी दाढ़ी-मूछें हैं उसकी। सदैव अपनी कुटिया में रहता है। कुटिया से कभी बाहर नहीं निकलता। लोग कहते हैं कि उसे किसी का भय नही है।"

"क्या हमारा भी नहीं?"

"जी नहीं महाराज। ऐसा अद्‌भुत इंसान तो मैंने अपने जीवन में कभी नहीं देखा। वह कहता है कि मैं अपने आपमें पूर्ण निर्भीक हूँ। मुझे कोई नहीं डरा सकता। मुझे किसी का भय नहीं, सिकन्दर का भी नहीं।"

"बस बस, चुप हो जाओ!"—सिकन्दर ने क्रोधावश में आग-बबूला होकर कहा—"उस नीच इंसान को कल हमारे दरबार में पेश किया जाये।"

सिकन्दर के दूत लोग उस निर्भीक पुरुष को लेने चले गये। किन्तु वह न आया। उसने दूतों से कह दिया कि महाराज से जाकर कहना, यदि उन्हें मुझसे मिलना हो तो, वे यहाँ खुद आकर मिलें। सागर किसी के पास चलकर नही जाता, नदियाँ स्वयं समुद्र से मिलने के लिए आती हैं। मैं अपने आपमें एक पूर्ण मनुष्य हूँ। मुझे राजा से कोई वास्ता नहीं। एक ऋषि और तपस्वी को भला सम्राट से क्या काम? मेरा शासन तो मेरी कुटिया पर है। जैसे सिकन्दर अपने यहाँ का सम्राट है वैसे मैं भी इस स्थान का राजा हूँ। जाओ, जाकर अपने सम्राट से कह दो कि भारतीय संस्कृति का लहू आज उसी तरह हर एक भारतीय में दौड़ रहा है जिस प्रकार वह चार सहस्र वर्ष पूर्व दौड़ा करता था।

दूतों ने ऋषि के मुख से यह सबकुछ सुना तो दंग रह गये और एक-एक ऋषि-वाक्य सम्राट सिकन्दर को कह सुनाया। ऋषि का आशय जानकर सिकन्दर क्रोध के वशीभूत हो तुरन्त ही अपनी तलवार उठा घोड़े पर सवार हो और कुछ सिपाहियों को साथ लेकर ऋषि के आश्रम की ओर चल पड़ा। वह आज ऋषि को

अच्छा सबक सिखाना चाहता था तथा ऋषि के प्राण लेने को तत्पर था।

ऋषि-कुटीर के बाहर पहुँचकर सिकन्दर ने जोर से "अभिमानी!" कह ऋषि को आवाज लगाई किन्तु वह बाहर निकलकर न आये और पूर्ववत् अपनी आराधना में बैठे रहे। अब तो सिकन्दर दाँत किटकिटाता हुआ नंगी तलवार लेकर कुटी के अंदर घुसा और जैसे ही ऋषि की गर्दन पर वार करने को हुआ, उसका हाथ वहीं का वहीं ठहर गया। सिकन्दर को एक बार फिर सुकरात को जहर देकर मार डालने की बात याद आ गई। उसे अपने आप पर पश्चाताप हुआ कि वह क्रोध के वशीभूत होकर कितना बड़ा पाप करने जा रहा है। एक निर्दोष ईश्वर-सेवक को मारकर भला उसे क्या मिलेगा।

सिकन्दर की तलवार पृथ्वी पर छूट गई और वह महात्मा के चरणों में गिर पड़ा। महात्मा मौन थे। एक स्वाभिमानी किन्तु विनयशील महापुरुष ने सिकन्दर जैसे प्रतापी सम्राट का सिर अपने चरणों में झुका दिया था।

कक्षा में विवेक और रामनाथ, दोनो ही अध्यापक के मुख से यह कहानी सुन रहे थे। इस कहानी को सुनकर रामनाथ को शर्मिन्दगी महसूस हुई और विवेक के मन से सारा भय (जो रामनाथ को लेकर था) निकल गया।

5. भूत-प्रेतों के संबंध में मान्यताएँ एवं विश्वास

भूत-प्रेत होते हैं या नहीं, इस सम्बन्ध में लोगों के अपने-अपने विचार हैं। कुछ लोग भूतों को मानते हैं और कुछ नहीं मानते। वैसे भूत का अर्थ भूतकाल या बीते हुए समय से है। भूतकाल के प्रत्येक व्यक्ति, प्रत्येक वस्तु एवं प्रत्येक घटना को 'भूत' ही समझना चाहिए।

प्राचीन काल में यह माना जाता था कि भूत-प्रेत जैसी कोई वस्तु होती है तथा राक्षस लोग होते हैं। पहले की तरह आज भी अनेक लोग इन बातों को मानते हैं। हमारे धर्मग्रंथों में भूत-प्रेत को लेकर काफी कुछ लिखा जा चुका है। गरुड़ महापुराण में दुष्ट व्यक्ति का मरकर पिशाच योनि में जन्म लेने का वर्णन है। कहते हैं कि देवता शंकर जी की बारात में भूत-प्रेतों ने साक्षात नृत्य किया था। यों तो देवी का एक रूप पिशाचिनी भी बताते हैं।

जब हम अध्यात्म के पृष्ठ खोलते हैं तो भूत शब्द का स्थान लेने वाला एक शब्द छाया अथवा छायाकृति स्पष्ट होता है। छाया दिवंगत श्रेष्ठात्माओं की भी होती है (सफेद छाया या श्वेताकृति) और दिवंगत दुष्टात्माओं अथवा दुरात्माओं (काली छाया या श्यामाकृति) की भी होती है। लोगों में विश्वास है कि काली छाया भूत-प्रेत हैं जो लोगों को दुःख दिया करते हैं जब कि श्वेताकृति फरिश्ता होता है। वह लोगों के दुःख-दर्द दूर कर उन्हें सुख देने का काम करता है। कई लोग मानते हैं कि सौ भूतों के ऊपर एक प्रेत होता है और सौ प्रेतों के ऊपर एक जिन्न होता है। इस प्रकार जिन्न को वे लोग भूतों में सबसे ज्यादा ताकतवर समझते हैं। कहते हैं कि जो काम भूत-प्रेत नहीं कर सकते, वह जिन्न कर सकता है।

उपरोक्त बातें लिखने का अर्थ यह नहीं है कि लेखक स्वयं भूत-प्रेतों के रहस्य खोलकर पाठकों को डराना चाहता है। बल्कि लेखक का तो यह मानना है कि ये सब काल्पनिक और झूठी बातें हैं। कल्पना से लोग डरावनी किताबें लिखते हैं और अन्य लोगों के मन में भूत-प्रेतों को जन्म देते हैं।

जिस छाया या छायाकृति की बात हमने ऊपर की हैं, यदि वह होती भी है तो वह हमारा क्या बिगाड़ लेगी? क्या मनुष्य की परछाईं किसी का वध कर सकती है?

आत्मा क्या वस्तु है?

लोगों के मन में भूत-प्रेत का अज्ञान तब घर कर लेता है जब वे मनुष्य की आत्मा को भूत-प्रेतों जैसी कोई छाया या छायाकृति मान लेते हैं। असल में मनुष्य की आत्मा छायाकृति नहीं है। उसका असली स्वरूप तो ज्योति की तरह है। आत्मा अपने आप में दिव्य ज्योति है। छाया मनुष्य के कर्मों से बनती है। अच्छे लोग अच्छे कर्म करते हैं तो उनके चारों ओर श्वेत प्रकाश रहता है जबकि दुष्टात्माएें अपने चारों ओर काला घेराव रखती हैं।

इन सब बातों को पढ़कर प्रिय पाठकगण कहीं यह विश्वास न करने लगें कि हम भूत, प्रेतवाद को बढ़ावा दे रहे हैं। हम तो अपने देश में, धर्मग्रन्थ तथा अध्यात्म में भूत-प्रेतों के संबंध में प्रचलित बातों पर प्रकाश इस पुस्तक में डाल रहे हैं।

यदि आत्मा प्रकाश की दिव्य ज्योति है तो ज्योति से भला किसी को क्या हानि हो सकती है? इसलिए मनुष्य की बात सुनकर घबराना बेकार है। आत्मा तो वह चैतन्य शक्ति है जो हमारे शरीर का संचालन करती है।

डर कहाँ जन्म लेता है?

हमने शुरू में ही यह बतला दिया है कि डर मनुष्य के अंदर सर्वप्रथम मन में जन्म लेता है। किसी भी व्यक्ति, वस्तु या परिस्थिति को भय का बिम्ब बतलाना सबसे बड़ा दोष है। मान लीजिए, हम रात्रि में मूत्र-विसर्जन के लिए उठते हैं और पेड़, कपड़े या खुद की छाया को देखकर घबरा जाते हैं तो इसमें किसका दोष है?

सच पूछिए तो भय का दोष मनुष्य के विचारों से उत्पन्न होता है। अच्छे और बुरे विचार मनुष्य के मन में हो तो उत्पन्न होते हैं।

जिस समय हमारे मन के अंदर भय उत्पन्न हो तो हम अपने आपसे ही पूछें कि हमारा ध्यान किधर है? क्या भय की स्थिति में हमारा ध्यान ईश्वर की ओर या अपनी अन्तरात्मा की तरफ है? अगर हम भय के समय में ईश्वर को याद रखेंगे तो हमारे मन का भय जाता रहेगा। जैसे भूत का भय लगने पर लोग हनुमान चालीसा का जाप करते हैं या गायत्री मंत्र पढ़ते हैं, उसी तरह हम उस संकट की घड़ी में प्यारे परमेश्वर को याद करें। इससे भी भय जैसी कठिन परिस्थिति से बचा जा सकता है। जिस समय मनुष्य की शक्ति काम नहीं देती उस समय सर्वशक्तिमान परमात्मा की शक्ति मदद करती है। किसी भी प्रकार की दुविधा के समय मनुष्य को चाहिए कि वह स्वयंभू परमात्मा या कृपालु ईश्वर का आश्रय अथवा उनकी कृपा का सहयोग अवश्य ले?

ईश्वर का यह सहयोग भी मनुष्य सूक्ष्म रूप में ही प्राप्त करता है क्योंकि

चर्मचक्षुओं से उस अदृश्य परमेश्वर को देखना कठिन है।

भय या चिन्ता के बजाय चिन्तन करना बेहतर

भय किसी समस्या का समाधान नहीं है। नहीं चिन्ता करने से किसी चीज का हल हमें मिलता है। किन्तु यदि हम चाहें तो चिन्तन के द्वारा अपने जीवन के प्रश्नों का हल निकाल सकते हैं। यदि हमारी आँखों के सामने कोई अनहोनी बात घट जाये तो हमें बार-बार इस बात पर विचार करना चाहिए कि ऐसा क्यों हुआ? कभी-कभी कुछ अनहोनी घटनाएँ वैज्ञानिक प्रक्रियाओं के कारण भी घटित होती हैं लेकिन हम उन्हें समझ नहीं पाते। कई जादू भरे खेल तो वैज्ञानिक घटनाओं से ही चलते हैं। एक बार जादूगर सरकार का इंटरव्यू लिया गया जो बाद में एक विज्ञान-पत्रिका में भी प्रकाशित हुआ। सरकार कहते हैं कि विज्ञान के रहस्य हमारे हाथ की सफाई में बहुत मदद करते हैं। खासकर कलश का अक्षय जल कोष तो विज्ञान के वायुदाब की विधि पर आधारित है। मनुष्य तथा अन्य वस्तुओं द्वारा पृथ्वी पर लगने वाला गुरुत्वाकर्षण बल, जल-कणों के मध्य ससंजक बल, जलकण और, पात्र के बीच का आसंजक बल इत्यादि अनेक वल विज्ञान के सिद्धान्त पर कार्य करते हैं और इन बलों के फलस्वरूप घटित होने वाली घटनाएँ हमें अद्भुत और जादूभरे खेल प्रतीत होते हैं।

अपने जीवन में यदि हम कोई ऐसा चमत्कार या जादू देखें तो उसका कारण जानने की कोशिश करें एवं इस दिशा में गहराई से चिंतन करें। तभी हम सत्य का पता लगा सकते हैं और अज्ञान के धोखे से बच सकते हैं। कई बार साधु लोग भी चमत्कार के ऐसे खेल दिखाकर भोली-भाली माता-बहिनों को ठगकर ले जाते हैं।

किसी ड्रामा (नाटक) में इस प्रकार का दृश्य दिखाया गया है—गाँव में एक चमत्कारी साधु आता है। वह ढोंगी है और बहुत सारे चेले-चपाटे उसके साथ हैं। ये लोग सुबह से शाम तक गाँव वालों को उल्लू बनाते हैं, पैसे ठगते हैं और रात को चुपचाप बैठकर अपने खेमे में शराब पीते हैं। गाँव वाले देखते हैं कि किस प्रकार एक चमत्कारी साधु अगड़म-बगड़म मंत्र बोलकर अपना चीमटा ऊपर फैंकता है और वह छत में रह जाता है। इसी प्रकार खाली हाथ में भूत प्रकट होने का भी चमत्कार लोग देखते हैं।

एक कृषक ग्रामीण को साधु की पोल का पता लग जाता है क्योंकि जब वह रात को अपने खेत से घर की ओर लौट रहा होता है तो उसे साधू के खेमे से हँसी-ठहाकों की आवाजें सुनाई देती हैं। किसान पास आकर देखता है तो दंग रह जाता है। दिन में समाधि में बैठे रहने वाले साधु महाराज आँखों के इशारों से

व्यंग्यात्मक हँसी हँस रहे हैं और चिलम, शराब पी रहे हैं।

यहाँ से कृषक व्यक्ति की विचार-मंथन की प्रक्रिया चलती है। वह सोचता है कि ऐसा ढोंगी साधु दिन में इतने सारे चमत्कार कैसे दिखला सकता है। फिर बाद में वही आदमी साधु और उसके बदमाश शिष्यों की पोलपट्टी खोल देता है। वह छत में लगी हुई चुम्बक का टुकड़ा उखाड़कर गाँववालों को बताता है कि इसी की वजह से ही लोहे का चिमटा छत में चिपका हुआ दिखाई देता था। यही नहीं, ढोंगी साधु का दाहिना हाथ ऊपर उठाकर वह सबको हाथ में लगी हुई रबड़ की संकरी नलियाँ दिखाता है जिसके कारण बाँह की बगल में दबी हुई राख की थैली में से राख खिसककर हथेली की मुट्ठी में आ जाती थी।

हर प्रकार के अज्ञान और अंधविश्वास को तोड़ने के लिए गूढ़ चिंतन की आवश्यकता होती है। जब मनुष्य के मन में किसी प्रकार का भय या चिन्ता घर कर जाती है तो उसकी विचार-प्रक्रिया या मस्तिष्क के विकास की गति रुक जाती है।

भयास्पद नाटक या भयजनक फिल्मों की अशिष्ट भूमिका

हमारे देश में अधिकतर लोग सिनेमा हॉल या टेलीविजन की फिल्में देखना पसंद करते हैं। केवल संत और ज्ञानियों के समाज को छोड़कर इस देश में ऐसा कोई भी व्यक्ति नहीं है जो इस शौक का आदी न हो। फिल्में देखने वालों में बच्चे, बूढ़े और जवान भी होते हैं।

फिल्में अच्छी और बुरी—सभी तरह की होती हैं। आजकल की फिल्मों में भूत-प्रेत जैसी डरावनी फिल्में भी होती हैं। ये सब जादू-टोने, भूत-प्रेत तथा अंधविश्वास को बढ़ावा देने वाली होती हैं। जब कोई बच्चा भूतों की डरावनी पिक्चर देखता है तो वह उसे सच ही समझता है क्योंकि वास्तविकता उसे समझाई नहीं जाती। फिल्म देखने के बाद जब वह कहीं अकेला रास्ते में (स्कूल) जा रहा होता है तो उसे अपने पीछे भूत आने का आभास दिखाई देता है। "इमली के पेड़ पर भूतों का वास होता है"—ऐसा उसने अपने चार दोस्तो के मुख से पहले से ही सुन रखा है अतः जब रास्ते में इमली का पेड़ आता है तो वह वहाँ से भागकर निकलता है।

जादू-टौने से सम्बंधित फिल्मों ने मनुष्य के अन्दर डर पैदा किया है। ताज्जुब तो यह है कि सेंसर बोर्ड के अधिकारी भी केवल 'ए' सार्टीफिकेट देने या थोड़ी सी काट-पीट करने के सिवाय फिल्म का कुछ नहीं कर पाते। राष्ट्र के सम्पूर्ण विकास में यह बात एक बहुत बड़ी बाधा बनकर आ उपस्थित हुई है।

यह सच है कि यदि भूत-प्रेत की फिल्में न बनतीं तो यह डर हमारे देश के

लोगों में कुछ कम ही होता।

दूषित साहित्य का प्रभाव

हमारे देश में कुछ पुस्तक प्रकाशक ऐसे हैं जो अपने स्वार्थ के लिए देश की जनता के अंदर गलत तरह के संस्कार आरोपित करने में सहायक बन रहे हैं। चूँकि इस तमोप्रधान कलयुगी सृष्टि में माया नाम की बुराई का जोर होने के कारण व्यर्थ का साहित्य अधिक पसंद किया जा रहा है। लोग अश्लील और जादू-चमत्कार से सम्बंधित रोचक साहित्य पढ़ना ज्यादा पसंद करते हैं। अब महान साहित्यकारों की रचनाओं को पढ़ने वाले पाठकों के दिन लद गये। साहित्य की किताबों की जगह विज्ञान टेक्नोलोजी या अभिनव खोजों वाली पुस्तकों की माँग बढ़ गई है। समय अब कुछ ऐसी ही राफ्तार का है। लम्बी-लम्बी कहानियों या लम्बे नाटक, महाकाव्यों की बजाय आज का आदमी दिल को स्फूर्ति देने वाले हल्के-फुल्के चुटकुले पढ़ना ज्यादा पसंद करता है।

कई पाठकों की मानसिकता में भूत-अंधविश्वास जैसे साहित्य का महत्त्व कम नहीं है। भूत-प्रेतों को लेकर आज भी बहुत सारी पुस्तकें लिखी जा रही हैं। इससे हमारे हिन्दी साहित्य का स्तर बढ़ने की बजाय घटता हुआ नजर आ रहा है।

(जिसप्रकार अच्छी पुस्तकें मनुष्य का चरित्र बनाने में मदद करती हैं उसी प्रकार बुरे विचारों वाली या जादू-टौने जैसी काल्पनिक पुस्तकें व्यक्ति को बिगाड़ने में सहायक सिद्ध होती हैं। साहित्यकार, चाहे नया हो या पुराना, उसे चाहिए कि इस प्रकार मनुष्य को दिशा से भटकाने वाले या भय के अँधेरे में पहुँचा देने वाले साहित्य का सृजन न करे। मानव के चारित्रिक विकास के लिए जो-जो बातें आवश्यक हैं, लेखकों को उन्हीं बातों की ओर अधिक ध्यान देना चाहिए।

6. व्यक्तिगत जीवन में तनाव

व्यक्तिगत जीवन मनुष्य का अपना जीवन होता है। अपने जीवन में वह बिना किसी के बताये अपने ढंग से संघर्ष झेलता है और परिस्थितियों का मुकाबला करता है। मनुष्य के व्यक्तिगत जीवन में तनाव के कई रूप हैं। इन रूपों में– (1) शारीरिक थकान (2) मानसिक थकान (3) आवेश (4) क्रोध (5) ईर्ष्या (6) वैरभाव (7) कामवासना (8) अभिमान या रौब के कारण तनाव (9) अर्थाभाव के कारण तनाव (10) दुर्बलता के कारण तनाव (11) कर्मक्षेत्र पर तनाव (12) अपमान की स्थिति में तनाव (13) हार की स्थिति में तनाव (14) निंदा की स्थिति में तनाव (15) अन्याय को देखकर, सुनकर पैदा हुआ तनाव (16) अश्लील या गलत हरकत देखकर, पैदा हुआ तनाव (17) बीमारी की स्थिति में तनाव (18) व्यर्थ चिंतन या निरुदेशीय चिंतन के फलस्वरूप पैदा हुआ तनाव (19) चिन्ता या भय से उत्पन्न तनाव तथा (20) प्राकृतिक हलचल के कारण तनाव आदि प्रमुख हैं।

इन सब तनावों से मुक्त कैसे रहें?

कर्मक्षेत्र पृथ्वी पर आकर कर्म तो प्रत्येक मनुष्य को करना ही पड़ता है। शरीर मनुष्य की आत्मा का एक यंत्र या औजार है जिसकी सहायता से वह अपने काम करता है। जब आदमी कोई काम करता है तो एक दशा में उसका शरीर भी जवाब देने लगता है या थकने लगता है। कर्म का दबाव जैसे-जैसे बढता जाता है, मनुष्य के मन का तनाव भी उतना ही अधिक होता है। शारीरिक थकान का मानसिक तनाव से बड़ा गहरा संबंध है।

एक डॉक्टरी राय के मुताबिक थकान की अनुभूति एक प्रकार का मानसिक श्रम है। वास्तव में थकान का रोग मनुष्य के शरीर के अंदर नहीं होता। इसे तो आदमी अपने मन से अनुभव करता है। मैंने कई ऐसे व्यक्ति देखें हैं जो थोड़ा सा शारीरिक श्रम करने पर कराहने लगते हैं। जबकि गाड़िया लुहार जैसी जाति के लोग या मेहनती कृषक मजदूर लोग बहुत सारा श्रम करके भी परेशान नहीं होते। अतः यदि पाँच तत्त्वों से निर्मित शरीर ही कष्टदायक होता तो वह सबको लगभग समान रूप से कष्ट पहुँचाता परन्तु दुःख अनुभव करने की ताकत सबकी अलग-अलग होती है। जो अधिक सहनशील होते हैं वे हँसते-हँसते

दुःख-दर्द को झेल जाते हैं।

जो लोग श्रम से थकान की अधिक अनुभूति करते हैं उनको तनाव बहुत जल्दी आता है। शारीरिक थकान की तरह एक विषय मानसिक थकान का भी है।

जिस प्रकार शारीरिक श्रम से मनुष्य का शरीर थकावट का अनुभव करता है उसी प्रकार मानसिक श्रम मनुष्य को मानसिक रूप से तनाव पहुँचाता है परन्तु इस तनाव को अधिक अनुभव करने वाला व्यक्ति ही ज्यादा दुःखी होता है। मानसिक तनाव का संबंध मनुष्य के मन और बुद्धि से है। मानसिक तनाव से ग्रसित व्यक्ति का मन सही दिशा में सोचना बंद कर देता है तथा उसकी बुद्धि गलत निर्णय लेने लगती है। ऐसे लोगों को शीघ्र ही आवेश आने लगता है तथा वे चिड़चिड़े हो जाते हैं। जबकि मानसिक तनाव से मुक्त व्यक्ति सदा हर हाल में खुश और प्रसन्न रहता है।

यदि हम अपने मन में थकावट का अनुभव करने की बजाय ईश्वर से ध्यान लगावें अथवा अच्छे कार्यों में लगे रहें तो इस मानसिक थकावट और तनाव से मुक्ति अवश्य प्राप्त कर सकते हैं।

मानव-जीवन के व्यक्तिगत तनाव के प्रकारों में तीसरे प्रकार का तनाव आवेश है। आवेश बहुत सूक्ष्म और अदृश्य प्रकार का होता है यद्यपि यह नेत्र, भृकुटि और मस्तिष्क की रेखाओं से प्रत्यक्ष होता है परन्तु कभी-कभी इसका रूप पहचानने में भी नहीं आता। क्रोध का पता काफी दूर से चल जाता है परन्तु आवेश को सीधा सीधा पहचान पाना काफी कठिन है। स्वयं आवेश में आने वाले व्यक्ति को भी यह पता नहीं रहता कि वह क्या कर रहा है और क्रोध से उसको क्या-क्या नुकसान हो रहा है?

आवेश के बाद तनाव का चौथा प्रकार क्रोध होता है। क्रोध तनाव का बहुत भयंकर रूप होता है। क्रोध मनुष्य के चेहरे से और उसकी बातों से दिखाई देता है। क्रोध आने से पहले आवेश आता है और क्रोध में आकर मनुष्य बहुत उतावलेपन से बातें करता है।

कहते हैं कि जिस घर में क्रोधी व्यक्ति होता है, उस घर के घड़े भी क्रोध की गर्मी के कारण सूखे रहते हैं। घड़े तो यद्यपि मिट्टी के होते है किन्तु क्रोध के प्रकम्पन (Vibrations) घड़े की मिट्टी के कणों के मध्य स्थित जल को भी सोख लेते हैं।

क्रोधी व्यक्ति के बारे में कहा गया है कि वह खुद अपना ही अहित करता है। क्रोध में मनुष्य का विवेक काम नहीं देता और वह शनैःशनैः (क्रोध के कारण) अन्दर से खोखला होता जाता है।

आपने क्रोधी मनुष्यों की अनेक कहानियों के बारे में सुना होगा। एक बार

एक पहलवान था जो बहुत क्रोध करता था। बाद में सुना गया कि वह अपनी क्रोध वृत्ति के कारण छोटे से पहलवान से हार गया। क्रोध में आदमी-को अच्छी बातें विस्मृत हो जाती हैं और वह शीघ्र ही अपना आत्मविश्वास खो बैठता है।

जिस घर के बच्चों में क्रोध होता है उस घर में प्रायः शोरगुल तथा अशान्ति बनी रहती है।

सुरेन्द्र नाथ सक्सेना अपनी पुस्तक 'गुस्सा छोड़ो, सुख से जिओ' में बताते है कि मनुष्य के अंदर गुस्सा कई कारणों से आता है। वे इन सब कारणों को स्थूल तथा सूक्ष्म नामक दो वर्गों में विभक्त करते हैं। गुस्से के कारणों में शरीर या मस्तिष्क का अधिक थका होना, व्यक्ति का भूखा या प्यासा होना, शराब आदि नशों के कारण, किसी आदत विशेष की पूर्ति न होना, किसी विशेष पीड़ा, दर्द या दुःख की स्थिति में, काम-वासना का वेग संतृप्त न होना तथा बहुत गर्मी पड़ने आदि स्थूल कारणों से एवं उपेक्षा, अभिमान, अस्पष्टता तथा अभाव जैसे सूक्ष्म कारणों से मनुष्य को गुस्सा आता है। लेखक ने गुस्से को एक आत्मघाती दुर्घटना माना है। गुस्से से मनुष्य का स्वभाव तथा उसके आचार-विचार आदि सभी बदल जाते हैं। यही नहीं, गुस्से से कई प्रकार की मानसिक बीमारियाँ भी उत्पन्न होती हैं। कई मनुष्यों का ब्लड-प्रेशर गुस्से के कारण बढ़ जाता है।

अपनी पुस्तक में उपरोक्त लेखक ने गुस्से को खत्म करने के लिए या गुस्से का रुख मोड़ने के लिए जो दस बातें बताई हैं, वे इस प्रकार हैं–

(1) दृढ़ संकल्प व लोभ का त्याग करके।
(2) संभावना की आहट लेने से।
(3) प्रतिक्रिया में विलम्ब
(4) आसन व प्राणायाम करना।
(5) बुरी आदत छोड़ने से
(6) समय की नजाकत को समझने से
(7) सकारात्मक दृष्टिकोण अपनाने से
(8) गुणों के विकास से
(9) अवचेतन को जानने के प्रयास से तथा
(10) निर्भय बनने से।

इन सभी कारणों से क्रोध पर काबू पाया जा सकता है।

कई अच्छे समझदार लोगों ने क्रोध आने पर अपनी राय इस प्रकार प्रकट की है–

(1) यदि व्यक्ति को क्रोध आये तो वह अपने मुख से किसी के लिए कुछ

न कहे और मौन रहे।

(2) कभी भी क्रोध की स्थिति में तुरंत निर्णय न ले ओर परिणाम को कल के लिए छोड़ दे।

(3) कइयों की नजर में क्रोध के भूत आगमन पर मुख में मिश्री या गुड़ की डली डाल लेनी चाहिए। इससे मन में मिठास आयेगी।

(4) एक गिलास ठंडा पानी पीना चाहिए तथा

(5) हाथ-पैरों से किसी को दण्ड नहीं देना चाहिए।

ईर्ष्या : एक सौतिया डाह

ईर्ष्या को सौतिया डाह कहा गया है। जिस प्रकार एक सौतन स्त्री अपनी सौत (पति की प्रेमिका या पत्नी) से जलन रखती है उसी प्रकार ईर्ष्या करने वाला व्यक्ति भी दूसरे मनुष्यों से डाह रखता है। उस डाह (या आग) में वह खुद भी जलता है और दूसरों को भी जलाता है।

ईर्ष्या का सबसे बड़ा उदाहरण बंदर, कुत्ते तथा दिल्ली आदि जानवरों में मिलता है। ईर्ष्या के कारण अपने भक्ष्य को ये न तो खुद खाते हैं और न ही दूसरों को खाने देते हैं। जो लोग दूसरों की उन्नति देखकर जलते हैं वे कभी भी जीवन में सुख नहीं पा सकते। ईर्ष्या तनाव का बहुत ही छोटा रूप है। यह मनुष्य के बहुत भीतर होती है। बाहर से ईर्ष्या का कुछ पता नहीं चलता। ईर्ष्या की पहचान सिर्फ मुख की गति-विधि या उसके कर्मों से होती है। ईर्ष्या के कारण मनुष्य सदा उल्टी चाल चलता है। वह दूसरो से गलत बोलता है तथा मन ही मन औरों से दुश्मनी रखता है।

यदि हम ईर्ष्या को जड़ से खत्म करना चाहते हैं तो सबसे पहले हमें यह समझना होगा कि हमारा किसी से वैर नहीं है और न ही किसी प्रकार की प्रतिद्वन्द्विता है। जब आदमी अपने आपको किसी के आगे प्रतिद्वन्द्विता समझने लगता है तो वह ईर्ष्या रखने लगता है।

उत्पन्न हुए तनाव का एक रूप वैर भावना भी है। एक प्रकार से यह उत्पन्न हुए तनाव का परिणाम है। काम प्रवृत्ति या काम-वासना में यधपि बाहर से तनाव मालूम नहीं पड़ता परन्तु वास्तव में उसमें होता तनाव ही है। तनाव प्रत्येक उस वस्तु का नाम है जिसमें खिंचाव होता है। काम की ओवर प्रवृत्ति एक प्रकार का खिंचाव उत्पन्न करती है अतः यह तनाव ही है।

मनुष्य को व्यक्तिगत तौर पर अभिमान या रौब भी आता है। चूंकि प्रत्येक मनुष्य का जीवन उसके लिए अपने स्वतंत्र तरीके का होता है अतः अभिमान

करना, उपकार करना, रौब दिखाना या दया करना उसके अपने हाथ में होता है। अभिमान में मनुष्य की नस-नस चढ़ जाती है, भ्रकुटि तन जाती है। रौब मे उसके हौंठों पर बल पड़ जाते हैं; अतः ये दोनों तनाव का रूप हैं।

तनाव के व्यक्तिगत कारणों में कई कारण और भी हैं जैसे धन की कमी या अर्थाभाव के कारण मनुष्य में पैदा हुआ तनाव, शारीरिक या मानसिक दुर्बलता के फलस्वरूप पैदा हुआ तनाव, कर्म क्षेत्र पर (दफ्तर, दुकान या व्यवसाय में) कार्य का बोझ बढ़ जाने के कारण उत्पन्न हुआ तनाव, हार तथा निंदा से जनित स्थिति से तनाव, कहीं भी अन्याय होता हुआ देखकर आने वाला तनाव, किसी भी गलत हरकत या अश्लील मुद्रा देखकर आया तनाव, शारीरिक रोग के कारण हुआ खिंचाव या तनाव, व्यर्थ-चिन्तन के फलस्वरूप हुई गिरावट तथा उससे पैदा होने वाला तनाव, चिन्ता या भय से उत्पन्न हुआ तनाव तथा प्राकृतिक प्रकोप या हलचल के फलस्वरूप उत्पन्न तनाव।

तनाव के ये कारण ऐसे गंभीर विषय हैं जिनपर काफी लम्बी चर्चा की जा सकती है। यदि हम इनमें से प्रत्येक कारण के अभिप्राय तथा उसके निवारण पर चर्चा करें तो काफी बड़ा ग्रंथ बन सकता है किन्तु स्थान की सीमितता के कारण हम इन सब बातों को बहुत थोड़े से शब्दों में समाप्त करना चाहेंगे।

"तनाव चाहे किसी भी कारण से (व्यक्तिगत रूप में) पैदा क्यों न हुआ हो, परन्तु यदि हम अपने आप से तथा परिस्थितियों से उचित समझौता कर लें तो इस प्रकार के तनावों की विकट स्थिति या तनाव की भयंकर समस्या पर काफी हद तक काबू पा सकते हैं। तनाव दूर करने का सबसे बड़ा उपाय दिमाग को शीतल और शान्त रखना है।

7. पारिवारिक जीवन में तनाव

मनुष्य एक सामाजिक प्राणी है इसलिए वह समाज के लोगों के साथ रहना पसंद करता है। परिवार में माता-पिता, भाई-बहिन आदि सभी होते हैं। जब कभी इस प्रकार के संबंधों के बीच मतभेद उत्पन्न हो जाता है तो घर के सदस्य आंशिक या पूर्ण तनाव से ग्रस्त रहने लगते हैं।

मतभेद या मनमानी : पारिवारिक जीवन में तनाव का प्रमुख कारण

परिवार में, जब हम देखते हैं कि कोई सदस्य अपनी मनमानी कर रहा है या हमारी इच्छा के विरुद्ध कार्य हो रहा है तो हमें आवेश आने लगता है। एक अन्य विषय आपसी मतभेद का भी है। पारिवारिक जीवन में तनाव आने क ये दो प्रमुख कारण हैं। बच्चा जब छोटा होता है तो छोटी शैतानियाँ या हरकतें करता है पर धमकाने पर वह डर भी जाता है। उस आयु में अगर माँ-बाप उसे प्यार से समझाएँ तो वह आसानी से सुधर भी सकता है। बड़े होने पर उसी बच्चे के अपने अलग जीवन के तरीके हो जाते हैं। वह किशोर या युवा होकर अपनी समझ के अनुसार कार्य करने लगता है। ऐसी स्थिति में लड़के अथवा लड़कियों को समझाना एवं सँभालना माता-पिता के लिए बड़ा मुश्किल हो जाता है।

आजकल हम आये दिन बाप-बेटे, माँ-बेटी तथा पति-पत्नी के बीच होने वाले तनाव तथा टूटते परिवारों की बातें सुनते हैं। मैं समझता हूँ कि ऐसा दूसरे को सम्मान न देने के कारण होता है। यदि हम घर में एक दूसरे की इज्जत करें तो पारिवारिक तनाव से काफी हद तक बचे रह सकते हैं। घर के बड़ों को चाहिए कि वे छोटों को प्यार दें तथा छोटों को चाहिए कि वे बड़ों को आदर दें। इस प्रकार हम समस्त मतभेद, मनमुटावों तथा आपसी तनाव को दूर कर सकते हैं

पीढ़ी अन्तराल

आजकल बच्चों के लिए दादी-नानी की बातें बहुत पुरानी हो चुकी हैं। समय के साथ-साथ व्यक्ति की मान्यताएँ बदलती हैं तथा वह नये विचारों को अपनाता है। बड़े-बूढ़ों को चाहिए कि वे नई पीढ़ी के बच्चों से जबरदस्ती अपनी

पुरानी बातें मनवाना छोड़ दें। "हमारे जमाने में तो ऐसे होता था"--- यह वाकया दो पीढ़ी के व्यक्तियों के बीच की दूरी घटाने की बजाय बढ़ाता ही है। यदि परिवार के व्यक्तियों के बीच स्नेह हो तो वे बिना तनाव के बहुत संतोषप्रद और सुखमय जीवन व्यतीत कर सकते हैं। पारिवारिक जीवन में तनाव से कई हानियाँ भी हैं। कभी-कभी बड़े से बड़ा कार्य पारिवारिक एकता के टूट जाने से अथवा आपस में मतभेद या तनाव आ जाने से रुक जाता है। जब परिवार के लोगों के बीच तनाव बढ़ता है तो घर में अशान्ति उत्पन्न होती है। ब्रिटेन के राजपरिवार में काफी समय तक तनाव चला जिसका और दूसरे लोगों ने तथा वहाँ के राजनेताओं ने लाभ उठाया। पारिवारिक तनाव के कारण ही तो दिवंगत डायना को अपने पति से तलाक लेना पड़ा था। यह बात दूसरी है कि डायना की मृत्यु पर ब्रिटेन के युवराज ने अफसोस जाहिर किया।

सच पूछिए तो पारिवारिक जीवन में तनाव के बीज काफी पहले से ही पड़ जाते हैं। पहले पहल मनुष्य के मन में किसी को लेकर शंका उत्पन्न होती है या वह अपने परिवार के किसी व्यक्ति के चरित्र को लेकर संदेह करता है। समय के साथ-साथ ये शंका और संदेह बढ़ते जाते हैं और एक स्थिति (विस्फोटक स्थिति) ऐसी आती है जब घर में खूब लड़ाई-झगड़ा होता है और परिवार टूटने लगता है।

संदेह : अशान्ति का जनक

अज्ञानवश संदेह की प्रवृत्ति मनुष्य के मन में जन्म लेती है और वह मनुष्य से उसका सबकुछ छीन लेती है। पता भी नहीं पड़ता कि हमारा परिवार इस दृष्प्रवृत्ति के कारण कितनी अशान्ति और पतन की गहराई की ओर पहुँच रहा है। यदि परिवार के लोगों के बीच संदेह उत्पन्न हो तो बहुत प्रेम से, शान्ति और समझदारी के साथ उनके संदेह का निवारण करना चाहिए। इस प्रयास से हम अपने घर-परिवार को तनाव में उलझने, टूटने तथा झुलसने से बचा सकते हैं।

8. सामाजिक जीवन में तनाव

कई परिवारों से मिलकर समाज बनता है। भारतीय समाज कई वर्गों में बँटा हुआ है। इसमें अनेक प्रकार के धर्म, जातियाँ, मत, पंथ इत्यादि हैं। यदि हम हिन्दूधर्म की ओर देखें तो इसमें भी कई प्रकार की श्रेणियाँ हैं। हिन्दूधर्म को ब्राह्मण, क्षत्रिय, वैश्य तथा शूद्र आदि जातियों में बाँटा गया है। सभी वर्ग के लोगों का जीवन अपना अलग तरह का होता है।

तनाव की समस्या अधिकतर मध्यम दर्जे के परिवारों में उत्पन्न होती है। उच्च श्रेणी के लोग धन-साधनों की अधिकता के कारण एवं निम्न श्रेणी के लोग संतोष तथा धीरज के कारण तनाव से काफी सीमा तक बचे रहते हैं जबकि मध्यम दर्जे का सामाजिक समुदाय इस प्रकार के विकट तनाव में व्यर्थ ही अपना जीवन जला लेता है।

सामाजिक जीवन, पारिवारिक जीवन से थोड़ा भिन्न है। पारिवारिक जीवन में व्यक्ति अपने घर-परिवार वालों से प्रभावित होता है जबकि सामाजिक जीवन में वह अन्य परिवारों तथा समाज के अन्य लोगों से प्रभावित होता है। जब हम किसी की कमी अथवा कमजोरी को देखते हैं तो हम में तनाव आता है। छिद्रान्वेषी लोग इस प्रकार के व्यर्थ तनाव से प्रायः ग्रसित रहते हैं। जब मनुष्य अपने समाज के अन्य लोगों के अंदर बुराइयाँ देखता है तो उसके अंदर तनाव बढ़ता है तथा जब वह उनकी अच्छाइयाँ देखता है तो सदा प्रसन्न एवं तनावमुक्त रहता है। अतः सामाजिक जीवन में तनाव भगाने के लिए आवश्यक है कि हम सदा एक दूसरे की अच्छाइयाँ ही देखें तथा अच्छाइयों की ही चर्चा करें। इसी से एक स्वस्थ और सुखी समाज की स्थापना हो सकती है।

स्वस्थ विचार : स्वस्थ समाज

जिस प्रकार एक वृक्ष के लिए पर्याप्त तथा शुद्ध जल की आवश्यकता होती है, फसल के लिए शुद्ध वायु, प्रकाश तथा स्वच्छ वातावरण की आवश्यकता होती है, सदृढ़ मारत के लिए मजबूत सीमेंट की आवश्यकता होती है, उसी प्रकार सुन्दर तथा स्वस्थ समाज की रचना के लिए मनुष्य के भीतर शुद्ध व समर्थ विचारों की आवश्यकता है। जैसी मनुष्य की वृत्ति होती है, वैसी ही उसकी प्रकृति होती है तथा

जैसा मनुष्य का स्वभाव होता है, वैसा ही समाज पर उसका प्रभाव पड़ता है। अगर हमारे विचार समर्थ होंगे तो हम एक श्रेष्ठ, समर्थ समाज की रचना कर सकेंगे। यदि हम अपने मन में दुर्बल विचार रखेंगे तो हमारे द्वारा एक दुर्बल समाज की ही रचना हो सकेगी।

मनुष्य के विचार नकारात्मक तथा सकारात्मक दो प्रकार के होते हैं। नकारात्मक विचार मनुष्य के पतन तथा सकारात्मक विचार उसके उत्थान में सहायक होते हैं। मनुष्य को चाहिए कि वह सदैव सकारात्मक दिशा में सोचे। सामाजिक जीवन में या समाज के साथ चलते हुए हमें ऐसा ही करना चाहिए तभी हम अपने समाज को अच्छाई के रास्ते पर ले जा सकते हैं। परन्तु होता इसका ठीक उल्टा है। जब कोई नकारात्मक विचार हमारे मन में तूफान मचा देता है तो हम दूसरों को एवं अपने भाग्य को कोसने लगते हैं। मनुष्य का जीवन उसके अपने हाथ में होता है। वह जैसा चाहे, उसे बना सकता है। यदि हम अच्छा सोचेंगे तो उससे हमारे साथ-साथ हमारे समाज का, हमारे देश का तथा सम्पूर्ण विश्व का भी भला होगा क्योकि अपरोक्ष रूप से हम सारे विश्व के साथ जुड़े हुए हैं।

आज की विचारधारा

यदि हम चाहते हैं कि हमारे व्यक्तिगत, पारिवारिक तथा सामाजिक जीवन में तनाव न आये तो हमें प्रतिदिन कोई न कोई श्रेष्ठ विचार अवश्य सोचना चाहिए। स्वयं को बदलने के लिए हमें इस प्रकार के विचारों का प्रयोग तथा मनन-चिंतन अवश्य करना चाहिए। आज की विचारधारा नामक शृंखला के ये विचार निम्नलिखित हो सकते हैं :–

(1) आज मुझे सारा दिन तनावमुक्त रहना है।

(2) सभी जन मेरे प्रिय हैं तथा कोई भी मेरा शत्रु नहीं है।

(3) हम सब प्रभु की प्यारी संतानें हैं।

(4) मुझे स्वयं को बदलकर सारे जग को बदलना है।

(5) हम सब भारतीय देवों की संतानें हैं, अमृत पुत्र हैं, इसलिए मुझे सदैव श्रेष्ठ ही सोचना है।

(6) मैं शान्तस्वरूप आत्मा हूँ।

(7) मैं प्रेमस्वरूप आत्मा हूँ।

(8) मैं आनंद स्वरूप आत्मा हूँ।

(9) मुझे अपने सहयोग से सारे समाज को बल देना है तथा समाज को सुखमय और सुन्दर बनाना है।

(10) कठिन से कठिन परिस्थिति का भी मुझे हँसते-हँसते मुकाबला करना है।

(11) मेरे द्वारा शीतलता तथा शान्ति के प्रकम्पन सारे वायुमण्डल तथा वातावरण में फैल रहे हैं और सब लोग तनावमुक्त होते जा रहे हैं।

(12) मुझे दुखियों का सहारा तथा निर्बल का बल बनना है।

(13) मुझे कर्त्तव्यनिष्ठ हो सदैव सतत कर्म करना है।

(14) अपने सत्कर्म और साधना से मैं एक नया, तनावमुक्त और सुखी समाज बनाऊँगा।

(15) यदि कोई मेरी निंदा करे, अपमान करे तो मैं किसी का बुरा न मानूँगा और न ही कभी क्रोध करूँगा।

(16) मैं समाज के बीच एक सन्त (सात्त्विक विचारों वाला पुरुष) हूँ। जिस प्रकार कमल का फूल कीचड़ और पानी के बीच रहते हुए भी उससे अलग रहता है उसी प्रकार मैं संसार की बुराइयों के बीच रहकर भी उनसे अलग हूँ। बुराई तो मुझे कभी स्वपन में भी नहीं छू सकती। मैं प्रत्येक मनुष्य से सदैव अच्छाइयाँ ही ग्रहण करने वाला हूँ।

(17) जिस प्रकार पवित्र हंस मोती चबाता है तथा तालाब के पड़े हुए कंकड़ पत्थर को नहीं खाता उसी प्रकार मैं भी सदैव सत्संग रूपी मोती चुगने वाला अथवा ज्ञान की अच्छी (कल्याणकारी) बातें सुनने-सुनाने वाला हूँ।

(18) मैं विश्व में सौभाग्यशाली हूँ। मुझे अपने विचारों को श्रेष्ठ बनाना है।

(19) आलस्य से मैं सदैव दूर हूँ।

(20) मैं अपनी सूक्ष्म से सूक्ष्म कमजोरियों को परखकर उन्हें निकालने वाला हूँ।

इस प्रकार के विचार किसी भी मनुष्य के जीवन को बदलने वाले साबित हो सकते हैं तथा कोई भी व्यक्ति यदि इनमें से किसी एक विचार पर सोचना आरंभ करे तो सहज रूप से तनावमुक्त बन सकता है। तनाव बुरी वस्तु है। जब हम अच्छाई की ओर या अच्छी बातों पर सोचना शुरू करते हैं तो बुरी बातें स्वतः ही समाप्त हो जाती हैं।

9. तनाव और कर्त्तव्यमय जीवन

तनाव आने के कारणों में अधिकतर घर-परिवार या गृहस्थी के झंझट और कर्मक्षेत्र पर पड़ने वाला कार्य-बोझ होता है। जिस दफ्तर या दुकान में हम काम करते हैं उसके सदस्य भी हमारे घर के सदस्यों की तरह होते हैं। कभी-कभी गलत व्यवहार करने से हम उनसे मनमुटाव बना लेते हैं और इस प्रकार के मतभेद शक्ति का पीछा उसके घर तक भी नहीं छोड़ते।

अभी हाल ही की एक घटना है। मेरा एक मित्र मनोहर अपने परिवार वालों के साथ बड़ा सुखी रहा करता था। किन्तु जिस ऑफिस में वह काम करता था, वहाँ का वातावरण शोरगुल का था, कोई भी काम वहाँ शान्ति से नहीं होता था। ऑफिस के पास ही बस अड्डा था, जहाँ से सदैव लोगों के चीखने-चिल्लाने और गाड़ियों के चलने की आवाजें आती थीं। दफ्तर के कुछ लोग मेरे मित्र से ईर्ष्या करने लगे थे। इसका प्रमुख कारण बीते वर्षों में होने वाला उसका शीघ्र प्रमोशन था। दफ्तर के बाबू मेरे मित्र का घर तक भी पीछा नहीं छोड़ते थे। वह बहुत सीधा-सादा था। जब दफ्तर के व्यक्तियों के फोन घर पर आने लगे तो मनोहर के घर वालों ने उसे टोकना शुरू किया और कहा कि वह अपने दफ्तर में ही सुन आये।

मनोहर ने ऐसा ही किया परन्तु परिणाम संतोषजनक न निकला। मनोहर की, उसके दफ्तर वालों के बीच ईर्ष्या बढ़ती गई। एक तो दफ्तर का कार्य-बोझ और ऊपर से दफ्तर के लोगों की उपेक्षा—इन दोनों कारणों से वह तंग आ गया और बहुत परेशान रहने लगा। बाद में एक समझदार व्यक्ति ने उसे सलाह दी कि वह अपने दफ्तर को भी परीक्षा का भवन समझकर चले तथा निंदा, स्तुति, हानि, लाभ, जय तथा पराजय में सदैव एक सा सहना सीखे।

असल में जब हम अपनी उपेक्षा, अपमान या निंदा सुनकर गुस्सा होते हैं तो हमारे मस्तिष्क में तनाव बढ़ता है। श्रीमद्भगवद्गीता में मनुष्य को समभाव में रहने का जो उपदेश दिया है यदि हम उसे अपने जीवन में अपनाएँ तो तनाव की स्थिति से काफी कुछ बच सकते हैं। एक तो दफ्तर का सात-आठ घंटे का कार्य या दुकान की सारे दिन की मेहनत और दूसरी तरफ घर वालों की ओर से पूछ न होने के कारण आजकल आदमी चिड़चिड़ा होने लगा है। वह दफ्तर या दुकान से आकर

सीधा घर आकर किसी से बातचीत करने के बजाय सोना अधिक पसंद करता है।

कर्मफल की प्राप्ति की इच्छा भी कभी-कभी मनुष्य के तनाव का कारण बन जाया करती है। जब यह इच्छा अधूरी होती लगती है तब मन में और तनाव बढ़ता है। रामायण कालीन कैकेई अपने बेटे को अयोध्या का राजा बनाना चाहती थी। वह महाराज दशरथ के ऊपर किये गये उपकार का फल प्राप्त करने की आकांक्षा में प्रायः तनाव में रहने लगी। दासी मंथरा ने आकर कैकई को और अधिक भड़काया। अब तो कैकेई तनाव से ग्रसित हो कोप-भवन में जाकर लेट गई।

तनाव का इससे अधिक उदाहरण और क्या हो सकता है? रूठना या बुरा माना जाना आदि कई रूप इस तनाव के होते हैं। दशरथ ने जब कैकई को तनाव-ग्रस्त देखा तो उन्हें बहुत घबराहट हुई। तनाव में मनुष्य का शैतान मन किसी के साथ, कुछ भी कर सकता है। जब किसी व्यक्ति के मन में तनाव उत्पन्न हो तो हमें उसके साथ बड़ी सावधानी से बातें करनी चाहिए। जैसा कि राजा दशरथ ने किया। उन्होंने अत्यंत नम्र होकर कैकई से उसके तनाव का कारण पूछा। इससे आगे की बात तो हम सभी जानते हैं।

तनावग्रस्त व्यक्ति सबसे ज्यादा हानिकर

जब आदमी को तनाव आता है तो वह मन में अच्छे विचार नहीं रखता। तनाव मे किसी को नुकसान पहुँचाने का ख्याल उसके अंदर अवश्य आता रहता है। जैसे कैकेई का स्वभाव था। राजा दशरथ ने कैकई को कितना समझाया था कि वह राम के वनवास की बजाय और कोई वचन माँग ले लेकिन कैकेई अपनी ही जिद पर अड़ी रही।

मनुष्य को एक बार काले सर्प को देखकर नहीं घबराना चाहिए (क्योंकि सर्प का तो शरीर ही ऐसा होता है) लेकिन तनावयुक्त व्यक्ति को देखकर अवश्य कतराना चाहिए। तनावग्रस्त व्यक्ति ऊपर से मीठी-मीठी और अच्छी बातें करते हुए भी अंदर से जहरीला होता है।

आपने शायद ऐसे कई दुकानदार बाजार में देखे होंगे जो तनावग्रस्त रहते हैं और थोड़ी सी बात पर बिगड़ पड़ते हैं। आरंभ में उनके बोलने का तरीका कितना मधुर होता है लेकिन समय आने पर उन्हीं वस्तु-विक्रेताओं की आवाज कठोर हो जाती है। आवाज में कठोरता भी तनाव के कारण आती है।

कर्मशील, स्वस्थ और तनावमुक्त बनें

जब मनुष्य पृथ्वी पर जन्म लेता है तब से उसे कर्म तो करना ही होता है।

कर्म हमें अवश्य करना चाहिए। कर्म छोड़ने से कुछ नहीं होता। मनुष्य के जीवन की आजीविका उसके कर्म से ही चलती है। जितने लोग उसके आश्रित होते हैं, कर्म से ही उनका पोषण होता है अतः कर्म छोड़ देने का मतलब है खुद को और दूसरों को भूखा मार डालना।

कर्म त्यागने की बजाय हमें तनावमुक्त रहकर कर्म करने का अभ्यास करना चाहिए। तनावमुक्त रहकर ही हम सही अर्थ में स्वस्थ और प्रसन्न रह सकते हैं। व्यक्ति का स्वास्थ्य तब ही बन पाता है जब वह तनावमुक्त होता है। तनाव की स्थिति में तो खाना भी अच्छा नहीं लगता फिर उत्तम स्वास्थ्य की बात ही कैसे की जा सकती है?

कर्म को पूजा मानकर चलें

महापुरुषों ने कर्म को पूजा कहा है क्योंकि जिस प्रकार पूजा से इष्ट की प्राप्ति होती है उसी प्रकार कर्त्तव्य से जीवन का अभीष्ट लक्ष्य मिलता है। कर्मक्षेत्र में वही व्यक्ति पूरी तरह सफल हो पाते हैं जो कर्म को पूजा या आराधना मानकर चलते हैं। कर्म-उद्देश्य ईश्वर के समान है। उस तक पहुँचने के लिए जरूरी है कि हम अपने हर काम को खुशी से करें तथा सभी को खुश रखें। हमारे समाज में जो लोग कर्त्तव्यपरायण होते हैं उन्हें महान समझा जाता है। खाली बैठे रहने वाले व्यक्ति की कहीं भी इज्जत नहीं होती जबकि कर्म करने वाले आदमी की हर जगह पूछ होती है।

सही विधि से ही कर्म की सिद्धि संभव

कर्म वही फलदाई होता है जो सही विधि से किया जाता है। जो लोग किसी तरीके के बिना काम करने में विश्वास रखते हैं, वे कर्म की यथार्थ सफलता तक नहीं पहुँच पाते। जिस प्रकार दिल्ली या मुंबई जाने के लिए हमें सही रास्ते का ज्ञान होना आवश्यक है उसी प्रकार कर्म के उद्देश्य तक तभी पहुँचा जा सकेगा जब कर्म की यथार्थ विधि की जानकारी हमें होगी।

कई लोग अपने कर्मक्षेत्र में बहुत मेहनत करते हैं फिर भी उन्हें अधिक सफलता की प्राप्ति नहीं होती। इसका कारण यही है कि उन्हें कर्म करने की सही विधि नहीं आती। जिस प्रकार एक विद्यार्थी लगन के साथ विधिपूर्वक अपनी पढ़ाई करे तो वह परीक्षा में बहुत अच्छे अंक ला सकता है उसी प्रकार कार्य करने की उमंग के साथ-साथ कार्य करने की सही विधि का होना बहुत जरूरी है।

परीक्षाओं की कॉपियाँ जाँचते समय यह नहीं देखा जाता कि किसने कितनी

कॉपी को भरा है बल्कि यह देखा जाता है कि कॉपी में लिखा किस विधि से गया है। यथार्थ विधि पर ही उच्च अंक मिला करते हैं। बिना विधि के मेहनत करके हम कहें कि हमें हमारे कर्म का सही फल क्यों नहीं मिला, तो यह हमारा अज्ञान है।

कर्मक्षेत्र पर सबको खुश और संतुष्ट रखकर चलें

यदि हमें जीवन जीना है तो बहुत खुशी के साथ जीना चाहिए। व्यर्थ की उदासी भरे जीवन जीने से तो जीवन न जीना बेहतर समझा जाता है। कभी-कभी मनुष्य को अपने जीवन से बहुत निराशा हो उठती है और वह आत्महत्या करने की सोच लेता है। कारण यह है कि मनुष्य अपने घर-परिवार में या कर्मक्षेत्र पर न तो स्वयं सतुंष्ट रहता है और न ही दूसरों को संतुष्ट कर पाता है। उसे हमेशा दूसरों से किसी न किसी बात की शिकायत बनी रहती है।

यदि हम स्वयं राजी रह दूसरों को राजी कर लें तो निराशा या आत्महत्या जैसे गंभीर प्रश्न से आसानी से बच सकते हैं। दूसरों को मान देने से ही सम्मान प्राप्त होता है। अगर हम किसी को प्रेम और आदर नहीं देते तो कोई क्यों हमें प्रेम तथा आदर देगा? विज्ञान का एक नियम है कि प्रत्येक क्रिया की प्रतिक्रिया होती है। जब पहले कोई चीज दी जाती है तभी कुछ वापिस मिलता है। दिया हुआ कभी व्यर्थ नही जाता।

सफल कर्मवीर बनने के लिए विचार-व्यवहार की इन सब बातों का हम पालन करें तो कर्मक्षेत्र में कार्य की सफलता के साथ-साथ तनाव से आसानी से मुक्ति पा सकते हैं।

10. तनाव : ध्वनि-प्रदूषण और उसकी रोकथाम के उपाय

ध्वनि-प्रदूषण या शोर-प्रदूषण तनाव आने के कई कारणों में से एक है। जब कभी हम अधिक बोल जाते हैं या कोई हमारे सामने ऊँची आवाज में बोलने लगता है तो हमें तनाव आ जाता है। आये दिन नगरों में जगह-जगह पर लाउडस्पीकरों की आवाज तथा मोटरकार, भीड़ के शोरगुल से तनाव में अप्रत्याशित वृद्धि हो रही है। ध्वनि-प्रदूषण रोकने के लिए यों तो सरकार की ओर से भी उपाय किये जा रहे हैं परन्तु कुछ बातें इस दिशा में इतनी जरूरी हैं, जिन्हें हम अपनाएँ तो ध्वनि-प्रदूषण से होने वाले खतरे का आसानी से सामना कर सकते हैं।

आत्म-सुरक्षा हेतु ये उपाय निम्न लिखित हैं :–

(1) जितना हो सके आपस में बहुत कम बोलें तथा अत्यंत धीमी आवाज में बोलने का प्रयत्न करें।

(2) दूसरों को समझायें कि अधिक बोलने से ऊर्जा नष्ट होती है। इस नष्ट हुई उर्जा का उपयोग अच्छे कार्यों में नहीं किया जा सकता।

(3) यदि हमारे पास कोई वाहन हो तो (खासकर शहर में) उसे कम गति से चलायें तथा अनावश्यक हार्न न बजायें।

(4) त्यौहार या उत्सवों पर लाउडस्पीकर लगाने से पहले पड़ोसियों की सुविधा का ध्यान अवश्य रखें।

(5) यदि आपके आसपास कोई बीमार अथवा रोगी हो तो ऊँचे स्वर में रेडियों के गीत न बजायें। ध्यान रहे कि उच्च ध्वनि से कमजोर तथा रोगी पुरुष को तनाव बहुत जल्दी आता है।

(6) यदि आपका वाहन ज्यादा आवाज करता है तो उसकी अच्छी तरह मरम्मत या सर्विस करा लें।

(7) अपने घर के बच्चों को धीमा व कम बोलने का गुण सिखायें तथा (छुट्टी) के दिन उन्हें पिकनिक पर या बाहर घुमाने ले जायें।

(8) प्राकृतिक सुन्दर स्थानों की सैर कर स्वयं प्रकृति का संगीत सुनें तथा दूसरों को भी सुनने दें।

(9) बुरी बातें, बुरे शब्द न सुनें और न ही दूसरों को सुनायें।

(10) शोर, कोलाहल की जाँच-पड़ताल कर उसे दूर करने में सबकी मदद करें।

तनाव का ध्वनि-प्रदूषण या शोर से बहुत गहरा संबंध हैं। शोर को हमारे कान सुनते हैं। इन्हीं कानों के पास मस्तिष्क भी होता है। तनावग्रस्त यही मस्तिष्क होता है। अतः यदि ज्यादा शोर होगा तो हमारा दिमाग भी ज्यादा तनावग्रस्त होगा। ध्वनि तरंगों के प्रकम्पन क्रमशः बाह्य कर्ण, मध्य कर्ण तथा अन्तःकर्ण से होते हुए संवेद आवेग के कप में मस्तिष्क तक पहुँचते हैं जिससे मनुष्य को ध्वनि-ज्ञान होता है। उच्च आवृत्ति की तरंगों से मस्तिष्क के श्रवण विक्षुब्ध हो उठते हैं तथा हमारा मन तनावयुक्त हो जाता है।

ध्वनि-प्रदूषण : पर्यावरण असंतुलन का एक कारक

हमारा पर्यावरण कई बातों से प्रभावित होता है जिनमें ध्वनि-प्रदूषण एक विशिष्ट कारण है। ध्वनि की तरंगें जब वातावरण में चारों ओर फैलती हैं तो वे सारे वायुमण्डल को समान रूप से प्रभावित करती हैं। पाठकों ने शायद ध्यान दिया होगा कि पूजागृहों या इबादत-स्थलों जैसे मस्जिद और चर्च, गुरुद्वारे आदि धार्मिक स्थलों का वातावरण बहुत पवित्र और शान्त होता है। इसका सबसे बड़ा कारण वहाँ पर किसी भी प्रकार के अभद्र या असामान्य शोर का न होना है। साधारण बातचीत को सामान्य कहा जाता है परंतु जब लोग ऊँची आवाज में बात करते हैं या एक दूसरे से लड़ने-झगड़ने लग जाते हैं तो वही बात असामान्य हो जाती है।

पृथ्वी, जल, वायु, अग्नि और आकाश आदि प्रकृति के पाँच तत्त्व हैं जिनसे समस्त भौतिक पदार्थ बने हैं। ध्वनि को आकाश नामक तत्व माध्यम प्रदान करता है। यों तो अन्य तत्त्वों में भी थोड़ी-बहुत मात्रा में ध्वनि का संचरण हो सकता है परन्तु ध्वनि का सर्वाधिक संचरण आकाश नामक तत्त्व के द्वारा ही संभव है।

जिस प्रकार वृक्षों की कटाई और वाहनों का धुआँ हमारे वायुमण्डल को खराब कर रहा है उसी प्रकार अधिक शोर भी हमारे चारों ओर के वायुमण्डल को कमजोर बनाता है। अस्वस्थ वायुमण्डल में हमारा समुचित विकास भी किस प्रकार संभव है? इसलिए जितना हो सके, हम इस समस्या को दूर करने में सहभागी बनें।

ध्वनि के मामले में एक बात हमें सदा ध्यान में रखनी चाहिए, वह यह कि जिस प्रकार अधिक शोर हमको नापसन्द होता है उसी प्रकार वह अन्य के लिए भी अरुचिकर हो सकता है, इसलिऐ दूसरों की सुविधा का ध्यान रखकर ही हम कोई ध्वनि यंत्र (जैसे रेडियो या टेलीविजन) चलायें।

ध्वनि-यंत्र धीमे चलायें

ध्वनि विस्तारक यंत्र या संगीत के उपकरणों का हमें बहुत ध्यान से इस्तेमाल करना चाहिए क्योंकि हमारे समाज में सभी तरह के लोग होते हैं। काई अधिक शोर पसंद करता है तो कोई कम शोर चाहता है। जो लोग कम शोर सुनना पसंद करते हैं, उनके लिए, हमें चाहिए कि ध्वनि यंत्रों का सावधानीपूर्वक प्रयोग करें। ध्यान रहे कि संगीत उपकरण मनुष्य को आनंद और मनोरंजन प्रदान करने के लिए हैं। अगर यही उपकरण किसी का सुख-चैन छीनने वाले बन जायें तो हमारे समाज और देश का क्या हाल होगा?

रही रेडियो टेलीविजन आदि उपकरणों को इस्तेमाल करने की बात, तो इसके लिए जैसा कि ऊपर बताया गया है, हमें बहुत समझदारी से इनको चलाना होगा। हमारा फर्ज है कि समाज में रहते हुए हम सबकी रुचि-अरुचि, सुविधा-असुविधा का ध्यान रखें। संगीत मनोरंजन के साधनों का प्रयोग हम, जितना हमारे लिए आवश्यक हो, उतना ही करें। किसी को दिखाने के लिए या दूसरों को अपने आपसे प्रभावित करने के लिए ऊँची आवाज में टेपरिकार्ड के गीत बजाना अभद्रता और अज्ञानता है।

सबसे जरूरी बात

सबसे आवश्यक बात मुख का मौन या आत्मा (मन) की शान्ति है। यदि हम मौन और शान्त रहना सीख लें तो ध्वनि-प्रदूषण जैसी समस्या से आसानी से बच सकते हैं। शान्त रहकर हम शोर का समर्थता के साथ मुकाबला कर सकते हैं तथा अधिक शोर की स्थिति में भी अविचलित रह सकते हैं।

मौन या शान्ति की अनुभूति के लिए हमें एकान्तप्रिय बनना पड़ेगा। एकान्त स्थान पर ही शान्ति का विशेष अनुभव किया जा सकता है। शहर से दूर ध्वनि रहित एकान्त स्थल पर जाकर हमें शान्तिमय जीवन का विशेष अनुभव करना चाहिए तथा अपने आपको तनावमुक्त बनाने का प्रयास करना चाहिए।

11. वातावरण की गर्मी से उत्पन्न तनाव

कभी-कभी मौसम इतना बदल जाता है कि जिससे मनुष्य के अंदर तनाव उत्पन्न होता है। सर्दी, गर्मी और वर्षा आदि भारत के मौसम में आने वाली प्रमुख ऋतुएँ हैं। सर्दी को मनुष्य खा-पीकर तथा गर्म वस्त्र आदि पहनकर सहन कर लेता है। छतरी से बरसात का भी सामना किया जा सकता है परन्तु गर्मी के अति विकट मौसम में घर से बाहर कुछ समय भी ठहर पाना मुश्किल है।

अत्यधिक गर्मी से मनुष्य परेशान हो उठता है और उसके मन पर तनाव का बोझ बढ़ जाता है।

यों तो इस भारत देश में गरीब और धनवान आदि सभी तरह के लोग हैं। पैसे वाले यदि चाहें तो ए.सी. वाले अपने निजी बाहनों में ही बैठकर गर्मी से बचे रह सकते हैं। फिर भी कभी न कभी थोड़ी-बहुत मात्रा मे गर्मी का प्रभाव उन पर भी हो जाता है।

गर्मी से बचने के उपाय

धनवान लोगों के लिए गर्मी में सुरक्षित रह पाना कोई मुश्किल नहीं है। कूलर, फ्रिज आदि साधन ताप से बचने के लिए हैं और रुपये-पैसे के जोर पर सब कुछ खरीदा जा सकता है। परन्तु गरीब बेचारा क्या करे? देहाती लोगों के लिए तो छायादार वृक्ष और कुएँ का ठण्डा जल ही गर्मी से बचने का साधन होते हैं।

जब आपको घर से बाहर (यात्रा पर) निकलना हो (गर्मी के मौसम में) तो दो चीजों का प्रबंध जरूर रखें। एक तो पानी का थर्मस और दूसरा तौलिया या कोई कपड़ा शरीर का पसीना पोंछने के लिए। यदि आप चिलचिलाती धूप और गर्मी में दोनों प्रकार के साधन लेकर चलते हैं तो आपके जीवन को खतरा नहीं हो सकता।

गर्मी के मौसम में अधिकतर लोगों को हैजा हो जाता है। कई तो हैजे के प्रकोप से मर भी जाते हैं। हैजे में मनुष्य को उल्टी और दस्त की शिकायत रहती है तथा उसका शरीर कमजोर पड़ता जाता है। गर्मी की ऋतु में यदि समय-समय पर पानी का इस्तेमाल न किया जाये तो हैजा होने के कारण ग्लूकोज की बोतलें तक चढ़ाने की नौबत आ जाती है और व्यकित बुरी तरह बीमार पड़ जाता है।

मनुष्य का गर्म स्वभाव कितना अहितकर

एक तो गर्मी का मौसम और ऊपर से यदि इंसान भी गर्म स्वभाव वाला बन जाये तो समझना चाहिए कि मरण निश्चित है। गर्मी की विकट परिस्थिति में आप जहाँ तक हो सके, अपने स्वभाव को शान्त तथा शीतल बनाये रखें।

अपने शीतल स्वभाव से हम बड़ा परोपकार कर सकते हैं। जिस प्रकार एक घना ओर छायादार वृक्ष धूप से तपते हुए राहगीर के आकर्षण का केन्द्र होता है उसी प्रकार शीतल तथा शान्त स्वभाव वाले व्यक्ति से शान्ति का अनुभव प्रत्येक मनुष्य करना चाहता है। जिसका मन अशान्त हो गया हो तथा जो मनोविकारों के कारण अत्यधिक तप गया हो उसको ऐसी शान्ति का अनुभव जल्दी होगा।

इस संसार में आसुरी और दैवी सम्पदा वाले दो प्रकार के लोग रहते हैं जिसका गीता में वर्णन है। दैवी सम्पदा वाले मनुष्य देवता कहलाते हैं। उनका स्वभाव अत्यंत मधुर तथा शीतल हुआ करता है। इसके विपरीत दूसरे प्रकार के लोग आसुरी सम्पदा वाले होते हैं। वे स्वभाव से कठोर, उग्र, अविनम्र तथा अशान्त प्रकृति के होते हैं।

हम सब भारतीय जन देवों की संतान कहे जाते हैं। इसका मतलब यह है कि हममें से प्रत्येक मनुष्य दैवी सम्पदा वाला व्यक्ति है। दैवी सम्पदा का होने के बावजूद भी अगर हमारा स्वभाव शान्त तथा शीतल न हो तो हमारा जीवन व्यर्थ है। प्रायः काल-प्रभाव के कारण दैवी समप्रदाय के व्यक्तियों के अन्दर बुराइयाँ आ जाती है तथा उनका स्वभाव आसुरी प्रकृति के लोगों की तरह बन जाता है।

यदि समय प्रभाव (Time iffect) के कारण हमारा स्वभाव कठोर हो गया हो तो हम ज्ञान की अच्छी बातों से या अपने मन को समझाते हुए उसे सरल तथा शीतल बनायें। ज्ञान एवं विवेक का प्रयोग कर अपने आपको काफी हद तक सुधारा जा सकता है तथा आये हुए तनाव को समाप्त किया जा सकता है।

डालिए ज्ञान के शीतल छीटें

यदि आप साधारण व्यक्ति हैं तो अपने मधुर स्वभाव तथा व्यवहार से दूसरे लोगों को सुधारने तथा उनका तनाव दूर करने का प्रयत्न कीजिए। परन्तु यदि आप ज्ञानी हैं तो ज्ञान के शीतल छींटे उन आत्माओं के ऊपर डालिए जिनको ज्ञान नहीं है तथा जो काफी समय से घृणा-द्वेष-ईर्ष्या की चिन्गारी में झुलस रहे हैं।

आजकल टेलीविजन के चैनलों पर भी सुबह-सुबह ज्ञान के प्रवचन कार्यक्रम दिखाये जाने लगे हैं। इससे लोगों में सुधार हुआ है। जो लोग अच्छी बातों को ग्रहण करते हैं उनके जीवन से तनाव हमेशा के लिए दूर भाग जाता है।

ध्यान रहे कि हम तनाव-मुक्ति की बात कर रहे हैं अतः इस दिशा में ज्ञान

के महत्त्व को पूरी तरह से नही भुलाया जा सकता।

गर्मी की ऋतु में अनुकूल बातें और तनाव-मुक्ति

मनुष्य के लिए अनुकूल वही है जो उसे अच्छा लगे, जिसे करना सहज हो तथा जिससे मनुष्य का भला हो। इसलिए गर्मी के मौसम में अगर गुस्सा या क्रोध नहीं किया जाये तो ही बेहतर है।

यदि हमारे अंदर सहनशीलता हो तो हम गर्मी तो क्या, किसी भी मौसम और परिस्थिति का मुकाबला कर सकते हैं।

गर्मी के मौसम से बचने के लिए दो बातों का ध्यान हम अवश्य रखें। एक तो ठंडा स्वभाव तथा दूसरा ठंडे पानी का प्रयोग करते रहें। गर्मियों मे ठण्डी वस्तुएँ खाने से तथा प्रातःकाल की ठंडी वायु का सेवन करने से स्वास्थ्य को बहुत लाभ पहुँचता है। गर्मी के मौसम में बाहर अधिक घूमना खतरनाक है क्योंकि इससे शारीरिक व मानसिक तनाव कुछ बढ़ जाता है।

(इस पुस्तक में हमारा मूल उद्देश्य मानव के अंदर आये तनाव को काफी हद तक कम करना है। अगले अध्याय में हम उन कारणों के बारे में पढ़ेंगे जो मनुष्य के तनावमुक्त जीवन को प्रभावित करते हैं अथवा जिन पर ध्यान देने से हमारा जीवन तनावमुक्त बन सकता है।)

12. तनावमुक्त जीवन को प्रभावित करने वाले कारक

(1) संयमित दिनचर्या

तनाव मनुष्य की दिनचर्या से सम्बंधित है। ऐसा कहा गया है कि खाली दिमाग शैतान का घर होता है। जिन लोगों की कोई दिनचर्या निर्धारित नहीं होती, वे आये दिन तनाव से ग्रसित रहते हैं।

यदि हम चाहते हैं कि हमारे जीवन में कभी किसी प्रकार का तनाव न हो तो हमें अपने जीवन में संयमित दिनचर्या को अपनाना होगा। हमारे जीवन का प्रत्येक कार्य समय पर होना चाहिए। तथा हमें आगे क्या-क्या करना है, यह सबकुछ पहले से निर्धारित होना ही दिनचर्या का संयम कहा जाता है।

दिनभर में मनुष्य जिन बातों को अपने आचरण में अपनाता है उसे दिन का आचरण या दिनचर्या कहते हैं। सुबह उठने से लेकर रात को सोने तक हमें क्या-क्या काम करना है और किस प्रकार रहना है ये सब विषय दिनचर्या के अध्याय में आते हैं।

आज तक जितने भी महान पुरुष हुए हैं उनके जीवन में दिनचर्या का अद्भुत संयम देखा गया है। इस गुण के कारण साधारण मनुष्य भी आसानी से महानता प्राप्त कर सकता है।

प्रातःस्नान

हम रोज सुबह उठकर स्नान करें। इससे तनाव को काफी मात्रा में कम किया जा सकता है। जो लोग कई-कई दिन तक नहीं नहाते उनके अंदर तनाव का आना साधारण बात है।

शुद्ध भोजन

भोजन का मनुष्य के जीवन पर बड़ा प्रभाव पड़ता है। भोजन के अनुसार ही मनुष्य के विचार होते हैं। यदि भोजन शुद्ध होगा तो मानव के आचार-विचार भी

शुद्ध होंगे परन्तु यदि भूलवश वह अशुद्ध भोजन कर ले तो उसके विचारों में बड़ा फर्क पड़ जाता है। ऐसे मनुष्य को सारा दिन खराब ख्यालात और रात को बुरे स्वप्न आते हैं। मनुष्य जैसा अन्न खाता है, वैसा ही उसका मन हो जाता है। अगर हम किसी आलसी व्यक्ति के हाथ का बनाया हुआ खाना खायेंगे तो हमें भी आलस्य आने लगेगा और यदि हम तनावग्रस्त व्यक्ति के हाथ से बना हुआ भोजन खायें तो सूक्ष्म रूप में हम भी तनाव से ग्रसित हो सकते हैं।

भोजन सदैव शांतिपूर्वक करना चाहिए। जल्दबाजी में भोजन करना अज्ञानता है। इससे मनुष्य के स्वास्थ्य पर बुरा प्रभाव पड़ता है। अतः जान-बूझकर हमें तनाव को न्यौता नहीं देना चाहिए।

कर्मक्षेत्र पर सदा निश्चिन्त

अब आती है कर्मक्षेत्र की बात। घर के वातावरण के बाहर, कर्मक्षेत्र वह स्थान होता है जहाँ आजीविका के लिए मनुष्य कर्म करता है। इस कर्म में वह अपने दफ्तर या दुकान जाता है और शाम तक वहाँ बैठकर काम करता है। कर्मक्षेत्र पर तनावमुक्त रहने के लिए हमें क्या-क्या करना चाहिए, यह हम पाठकों को 'तनाव और कर्त्तव्य मय जीवन' नामक अध्याय में बतला चुके हैं। सार रूप में, दफ्तर या दुकान; जहाँ भी हम काम करते हैं, उस जगह तथा उसके आसपास के लोगों को हम संतुष्ट रखकर चलें तो तनाव की बला से काफी हद तक बच सकते हैं।

सायंकालीन पुरुषार्थ

दिनचर्या में सायंकालीन पुरुषार्थ के महत्त्व को नहीं भुलाया जा सकता। आम आदमी के लिए भोजनोपरांत घूमना-फिरना, टहलना या फिर स्वाध्याय करना सायंकालीन पुरुषार्थ हो सकता है। ज्ञानी तथा योगी जनों के लिए अनिवार्य है कि वे शाम के समय बैठकर ज्ञान का मनन-चिंतन या ईश्वर का ध्यान करें। ऐसा करने से तनाव को काफी पीछे छोड़ा जा सकता है।

शयन से पूर्व की स्थिति

शयन व्यक्ति की दिनचर्या का अन्तिम पड़ाव है। सारे दिन कर्म करने के उपरांत मनुष्य थक जाता है तथा विश्राम चाहता है। रात्रि-विश्राम नींद पूरी करके किया जाता है। यदि दिन में विश्राम करना हो तो थोड़ी देर लेटना चाहिए।

जब हम रात को सोते हैं तो सोने से पूर्व सारे दिन के कर्मों पर विचार

अवश्य करें। हो सकता है, दिनभर में हमसे कोई भूल या छोटा-मोटा पाप हो गया हो। यदि अज्ञानतावश कोई पाप हो गया हो तो भगवान को अपना पिता समझकर मन ही मन उनसे क्षमा माँग लेनी चाहिए। क्षमा माँग लेने से ईश्वर हमारी भूलों को आधा माफ कर देता है। शेष आधा क्षमादान हमको परोपकार या अच्छे कर्म करने से मिलता है।

सारे दिन कर्मक्षेत्र पर कर्म करते हुए हम स्वयं को साक्षी दृष्टा स्थिति में तथा भगवान को साक्षी मानकर चलें। इससे भूल होने की संभावना समाप्त हो जाएगी। कोई भी छोटी या बड़ी गलती करके तनाव की मात्रा बढ़ाना व्यर्थ है।

एक संतुलित, संयमित तथा आदर्श प्रकार की दिनचर्या में उपरोक्त बातें ही सम्मिलित की जाती है। तनावमुक्त रहने के लिए इन सभी बातों का पालन करना अनिवार्य है।

(2) प्रातः शीघ्र उठना या ब्रह्म मुहूर्त का महत्त्व

दिनचर्या में सुबह उठने का विषय अभिन्न रूप से जुड़ा हुआ है। प्रायः लोग रात्रि को सोकर सुबह बहुत देर तक सोते रहते हैं। सुबह सात-आठ बजे तक जब तक कि धूप छत पर नही चढ़ जाती, ये लोग करवटें नहीं लेते। ऐसे कुंभकर्ण लोगों के मन में तनाव या गुस्से का आना कोई बड़ी बात नहीं है। तनाव दूर करने के उपायों में प्रातः शीघ्र उठना या ब्रह्म मुहूर्त के समय का आनंद लेना प्रमुख ओर सरल उपाय है।

पाठकों ने अपने जीवन में कई बार सुबह जल्दी उठकर अनुभव किया होगा कि सवेरे-सवेरे (सूरज निकलने के पहले अर्थात चार या साढ़े चार बजे के लगभग) कितनी ठंडी और सुहानी हवा चलती है। ऐसे पवित्र काल में जो विधार्थी उठकर अपनी पढ़ाई करते हैं उन्हें जल्दी ही अपना पाठ याद हो जाता है। भक्त गण ब्रह्म मूहूर्त में पूजा-आराधना करते हैं तो उनका इष्ट उनसे प्रसन्न होता है तथा योगी पुरुष योग-साधना अथवा योगाभ्यास करते हैं तो उन्हें अभीष्ट सिद्धि अथवा सर्वशक्तिमान परमात्मा से सर्व प्रकार की शक्तियों की प्राप्ति होती है।

अगर दिन में हम यह सब पुरुषार्थ करें तो प्राप्ति ज्यादा नही हो सकती क्योंकि सूर्योदय से पूर्व का समय ही केवल सतो गुण प्रधान होता है। उस समय व्यक्ति के अंदर पवित्र विचार जन्म लेते हैं।

साधु-संयासी अधिकतर ब्रह्म मुहूर्त के समय ही उठा करते हैं। किसी अग्रेजी कवि ने सफल जीवन के लिए इस प्रकार कहा है—

Early to bed
and early to rise.
Makes a man healty
Wealty & Wise.

अर्थात रात्रि को जल्दी सोने व प्रातः जल्दी उठने से मनुष्य स्वस्थ, सम्पत्तिवान तथा बुद्धिमान बनता है।

मैंने स्कूल में पढ़ने वाले बच्चों के मुख से उपरोक्त पंक्तियाँ सुनी हैं परन्तु अफसोस कि उनके घर वाले प्रातःकाल के महत्त्व के बारे में उन्हें कुछ नहीं बताते। ब्रह्म मुहूर्त के सुहावने महत्त्व के बारे में वही बता सकता है जिसने स्वयं सुबह शीघ्र उठकर उस समय का सदुपयोग किया हो।

यदि हम सुबह जल्दी उठकर परमप्रिय परमपिता परमात्मा अथवा ईश्वर को याद करें या उनके महान गुणों का सुमिरण करें अथवा योगाभ्यास करें तो हमारे मन में स्थाई सुख-शान्ति स्थापित हो सकती है, फिर तनाव या क्रोध के आने का प्रश्न ही नहीं है।

(3) योगाभ्यास का महत्त्व

तनावमुक्त जीवन जीने के लिए हमें योगाभ्यास के महत्त्व को स्वीकार करना ही होगा। योग से मनुष्य को शान्ति एवं सुख की प्राप्ति होती है। योग क्या चीज है? इस प्रश्न पर भी हम थोड़ा सा विचार करें। भौतिक रूप से किन्हीं दो वस्तुओं का सम्मिश्रण या जोड़—योग कहा जाता है। योग दो संख्याओं का या मानवीय संबंधों का भी होता है जिसे हम क्रमशः गणितीय तथा सांसारिक योग कहते हैं। आध्यात्मिकता में योग का मतलब है मनुष्यात्मा का परमपिता परमात्मा से मिलन। जब हम प्रभु को याद करते हैं तो वह आध्यात्मिक योग कहलाया जाता है। स्वयं को शरीर से भिन्न एक अत्मिक शक्ति निश्चित कर ईश्वर को अपना पिता मानकर याद करने का अभ्यास ही योगाभ्यास है। जिस प्रकार हठ योग में आसन या प्राणायाम का महत्त्व है उसी प्रकार आध्यात्मिक योग में भगवान को स्नेहपूर्वक याद करने अथवा उनका सुमिरन करने का महत्त्व है।

योगाभ्यास से मनुष्य को मानसिक सुख-शान्ति के साथ-साथ कुछ दिव्य प्रकार की शाक्तियों की प्राप्ति होती है जिनका कर्मयोगी जीवन में बड़ा महत्त्व है। इन समस्त शक्तियों के मिल जाने पर योगी पुरुष आसानी से कठिन से कठिन परिस्थितियों और संघर्षों का मुकाबला कर सकता है तथा जीवन का सफर हँसते-हँसते तय कर सकता है।

व्यक्ति को अपना ध्यान ज्योति स्वरूप परमात्मा के ऊपर टिकाना चाहिए। इससे मन में एकाग्रता स्थापित होगी और योग लगाने वाला व्यक्ति तनावमुक्त जीवन एवं शान्ति का अनुभव करेगा। कई लोग योग-विषय के ऊपर अधिक ध्यान नहीं देना चाहते। वे समझते हैं कि योग आदि करना बड़े-बूढ़ों या साधु-संन्यासियों का काम है। अपने जीवन में ऐसे लोग प्रायः तनाव से ग्रसित रहते हैं।

योगाभ्यास के लिए किसी प्रकार की समय सीमा या आयु सीमा निश्चित नहीं है। कोई व्यक्ति कभी भी योगी बन सकता है अथवा भगवान से योग लगा सकता है। योग के लिए अथवा प्रभु से नाता स्थापित करने के लिए हमें घर-बार छोड़ना भी जरूरी नहीं है।

सच्ची शान्ति का दाता ईश्वर

भगवान ही मनुष्य के मन को सच्ची शान्ति देने वाला है। ईश्वर के अतिरिक्त दुनिया में ऐसा कोई नहीं है जो लोगों के मन का तनाव दूर कर सके। जब हम भगवान को दिल से अपना मान लेते हैं तथा सारे कार्य-बोझ उसके ऊपर छोड़ देते हैं तो हम हर प्रकार के तनाव से मुक्त हो जाते हैं।

ईश्वर सबका पिता है और शान्ति का दाता है। तभी तो सारा संसार उसे मानता है व याद करता है। यदि भगवान लोगों का भला न करने वाला न होता तो दुनिया उसे क्यों मानती?

(4) हमारे श्रेष्ठ विचार और आदर्श व्यवहार

मनुष्य के श्रेष्ठ विचार उसके जीवन को प्रभवित करने वाले सबसे बड़े कारक हैं। विचारों से ही मनुष्य का कार्य-व्यवहार निर्धारित होता है। यदि विचार श्रेष्ठ होंगे तो मानव का व्यवहार भी अच्छा होगा। वह सबसे प्रेमपूर्वक मिलेगा तथा सबकी बातों को सम्मान देगा।

मनुष्य के मन में अच्छे और बुरे, दो प्रकार के विचार उठते हैं। विचारों को अच्छा बनाये रखना या उन्हें बिगाड़ना मनुष्य के अपने हाथ में होता है। विचार मनुष्य के जीवन की नींव होते हैं। आज तक जितने भी महापुरुष इस दुनिया में हुए हैं, विचार सभी के श्रेष्ठ रहे हैं तथा समाज के लोगों ने उनके सिद्धान्तों का पालन किया है।

आदर्श व्यवहार वाला व्यक्ति सभी के लिए सार्थक जीवन जीने का प्रतीक होता है। मनुष्य के जीवन में उसके प्रत्येक कार्य की सीमाएँ निश्चित होती हैं। उन

सीमाओं का पालन करने वाला व्यक्ति आदर्श कहलाता है। व्यक्ति का आदर्श व्यवहार सदैव लोक हितकारी होता है।

तनावमुक्त जीवन बिताने के लिए इन सब बातों का बड़ा महत्त्व है। शुद्ध खानपान के साथ-साथ हमें श्रेष्ठ विचार तथा व्यवहार की अच्छी बातें भी अपने जीवन में अपनानी चाहिए।

यदि हम दूसरों के साथ अच्छा व्यवहार करेंगे तो दूसरे लोग भी हमसे प्रेम करेंगे। हमें सदैव सबके प्रति सकारात्मक अथवा-शुभ ही सोचना चाहिए। समाज का सदस्य होने के नाते समाज के लोगों के हित अनहित का ध्यान रखना तथा इनकी बातों को आदर देना हमारा फर्ज है। ये सब बातें तनाव के विषय से बहुत गहरे रूप से जुड़ी हुई हैं।

(5) तनावमुक्ति के कुछ स्थूल साधन अथवा भौतिक उपाय

योगाभ्यास आदि सूक्ष्म साधन सिर्फ आस्तिक तथा ईश्वर के प्रति आस्थावान लोगों के लिए हैं। कुछ लोग ऐसे भी हैं जो कहते हैं कि हमारे पास भगवान को याद करने के लिए समय नही है या वे भगवान को मानते नहीं फिर भी अपने मानसिक तनाव से छुटकारा पाना चाहते हैं। ऐसे लोगों को चाहिए कि वे कुछ शारीरिक क्रियाएँ, आसन या हल्के-फुल्के व्यायाम आदि करके अपने आपको तनावमुक्त बनायें।

प्रातः उठकर जल का प्रयोग करना स्वास्थ्य के लिए अत्यंत लाभप्रद है। इससे मनुष्य के पेट के वायु विकार दूर होते हैं तथा उसका शरीर स्वस्थ रहता है। शरीर को स्वस्थ रखने से तनाव नहीं आता परंतु जब शरीर में कोई गड़बड़ी या बीमारी आ जाती है तो तनाव घर कर जाता है।

शरीर की तेल गालिश भी तनाव को काफी हद तक कम कर देती है। मनोरंजक बातें सुनने से भी तनाव काफी कम होता है। व्यक्ति को चाहिए कि वह पर्याप्त मात्रा में फल, दूध, सब्जी तथा घी का सेवन करे। जिसका पेट भरा हुआ होता है उसको ज्यादा देर तक तनाव नहीं आता। उसके पास तनाव आता है और कुछ समय बाद चला जाता है। जो व्यक्ति शारीरिक रूप से दुर्बल होते हैं तथा पर्याप्त खुराक नहीं लेते वे प्रायः तनावग्रस्त रहते हैं अतः तनावमुक्ति में भोजन एवं अन्य खाद्य वस्तुओं के महत्त्व को अस्वीकार नहीं किया जा सकता।

जो लोग धनाभाव के कारण तनावग्रस्त रहते हैं उन लोगों को चाहिएं कि वे कोई छोटा-मोटा काम-धंधा या उद्यम करना शुरू करें। ज्ञानेन्द्र दीक्षित

नामक एक लेखक ने अपनी पुस्तक 'रोजगार के अवसर' में कोल्डक्रीम तथा फेस पाऊडर बनाने से लेकर ब्यूटी पार्लर खोलने तक के अनेक उपाय बताये हैं। यदि बेकार बैठे हुए लोग इस प्रकार की पुस्तक का अध्ययन कर अपने घर कोई उद्योग-धन्धा करना शुरू करें तो अर्थाभाव के कारण उत्पन्न हुए तनाव से काफी हद तक छुटकारा पाया जा सकता है।

आजीविका अथवा धनोपार्जन के लिए छोटे स्तर का कार्य करना बुरा नहीं है। आजकल सरकार इस प्रकार के उधोग-धन्धों के लिए लोन (ऋण) भी देने लगी है।

तनावमुक्त जीवन के लिए सुबह उठकर सड़क पर घूमना चाहिए तथा ताजी व स्वच्छ हवा का सेवन करना चाहिए। गर्मियों में हल्के कपड़े पहनना बेहतर है। छुट्टी के दिन किसी प्राकृतिक रम्य स्थान पर जाना अच्छा है। बच्चे, युवा तथा बुजुर्गों को सदैव प्रसन्न रहने का मन्त्र सीखना चाहिए। उनके चेहरे से मुस्कान कभी भी गायब नहीं होनी चाहिए।

(तनाव मुक्ति के विभिन्न उपायों का विस्तृत एवं क्रमबद्ध अध्ययन हम अध्याय पन्द्रह के अन्तर्गत करेंगे।)

13. भय की सीमा-रेखाएँ

इस पुस्तक के आरंभ में हमने भय आने के कारणों का पता लगाने की कोशिश की थी। भय का भूत सिर्फ कल्पना में ही नहीं बल्कि जीवन के वास्तविक धरातल पर भी खड़ा हुआ प्रतीत होता है। आज संसार का प्रत्येक व्यक्ति किसी न किसी भय से अवश्य डरा हुआ है।

(A) राजनीति में भय

सबसे पहले हम राजनीति में भय की व्याप्ति देखें तो पता चलता है कि वहाँ प्रत्येक नेता, जनता से या आतंकवादियों से, टैक्स वालों से या सी.बी.आई. वालों से डरा हुआ है। पिछले कई सालों से राजनीति में काफी मात्रा में भ्रष्टता आई है। लोग एक दल को छोड़कर दूसरा दल अपनाते हैं परन्तु भय वहाँ भी उनका पीछा नहीं छोड़ता।

राजनीति में भय का पता निम्नलिखित सूत्रों द्वारा लगाया जा सकता है।

(1) प्रतिद्वन्द्वी राजनेताओं से भय

(2) सरकारी जाँच से भय

(3) आतंकवादियों से भय

(5) जनता से भय

(6) दूसरे देशों से भय

(7) व्यक्तिगत असुरक्षा का भय

ये सब बातें निर्दोष राजनेताओं या स्पष्ट चरित्र वाले नेताओं पर लागू नहीं होतीं। जो नेता लोग भ्रष्ट होते हैं या भ्रष्टाचार में लिप्त होते हैं उन्हीं को ही इस प्रकार के भय सताते रहते हैं। सर्वप्रथम हम प्रतिद्वन्द्वी नेताओं की बात को लेते हैं। नेता पद पाने के लिए कई सारे लोग राजनीति के मैदान में होते हैं। इनमें से कई जनता के चुनाव द्वारा मंत्री बन जाते हैं। चुनाव में भी साम दाम आदि कई प्रकार नीतियाँ और धाँधलेबाजियाँ अपनाई जाती हैं। जब कोई नेता जीत जाता है तो उसके कई नेता दुश्मन बन जाते हैं। वे सदैव विरोधी पार्टी के रूप में उभरकर विजयी उम्मीदवार को नीचे गिराने की कोशिश में लगे रहते हैं। बेचारे नेता को बार-बार अपनी कुर्सी जाने का भय बना रहता है।

दूसरी बात राजनीति में सरकारी जाँच के भय की है। पिछले वर्षों में चारा, दूर-संचार, दुग्ध, बैंक आदि क्षेत्रों में कई करोड़ के घोटाले राजनेताओं ने किये। इनमें से कइयों को जेल भी हुई। भ्रष्टाचार की खोजबीन करने के लिए सरकार ने सी.बी.आई. वालों को नियुक्त किया है। ये सरकारी अधिकारी सादा भेष में या भेष बदलकर यह पता लगाते हैं कि कौन कहाँ भ्रष्टाचार में लिप्त है।

आजकल चुनाव-प्रचार काफी महँगा हो यगा है। चुनाव-प्रचार में एक-एक राजनेता लाखों रूपये खर्च कर देता है और जब वह जीत जाता है तो गलत नीतियों से या भ्रष्टता से जल्दी से जल्दी उस धन-हानि को पूरा करने की कोशिश करता है। फलस्वरूप देश में अनेक प्रकार के घोटाले होते हैं। जो नेताजन इन घोटालों में फँसे हुए होते हें इन्हें सी.बी.आई. वालों का या सरकारी जासूसों का बराबर भय बना रहता है। इस डर से कि वे कहीं पकड़े न जायें, जनसभा के सामने वे अपनी ईमानदारी के हजार तरह के भाषण देते हैं। भय कहीं भी उनका पीछा नही छोड़ता।

जब कोई राजनेता पकड़ लिया जाता है तो वह अपने आपको बचाने में लाखों रुपये खर्च करता है, वकीलों की जेबें भरवाता है तथा कभी-कभी भूमिगत भी हो जाता है।

आजकल रजनीति भी उतनी सरल नहीं रही है। नेता लोग चुनाव जीतने से पहले अपने चुनावी घोषणा पत्र में जनता को हजार तरह के आश्वासन देते हैं परन्तु चुनाव जीतने के पश्चात वे जनता की ओर कोई ध्यान नहीं देते।

इस देश में जो राजनेता चोरी-छिपे ढेर सारा धन कमाते हैं, वे टैक्स वालों से घबराते हैं। एक-एक भ्रष्ट नेता पर लाखों करोड़ों रूपये का टैक्स आता है। इससे अंदाजा लगाया जा सकता है कि उस राजनेता ने कितना सारा रूपया कमाया होगा या सरकारी धन की चोरी की होगी।

कभी-कभी ऐसे लोग बुरी तरह पकड़ लिए जाते है परन्तु प्रशासन की ठील पोल के कारण उन्हें पुनः दोषमुक्त कर दिया जाता है तथा वे फिर से भ्रष्टाचार में लिप्त हो जाते हैं। सरकार को चाहिए कि वह ऐसे राजनेताओं पर कड़ी निगरानी रखे तथा प्रतिवर्ष उनकी आय (आमदनी) का हिसाब माँगे।

कुछ वर्ष पहले जम्मू कश्मीर के मुख्य मंत्री की लड़की का आतंकवादियों ने अपहरण किया। उनके कुछ साथी सरकारी जेल में बंद थे और वे लड़की के बदले अपने साथियों को छुड़ाने की माँग कर रहे थे। मुख्यमंत्री के परिवार की सुरक्षा के कारण सरकार को झुक जाना पड़ा तथा बंधक बनाये हुए आतंकवादियों को रिहा कर दिया गया।

जब और कोई चारा नहीं दिखता तो आतंकवादी राजनेताओं की इज्जत और जान पर हाथ डालते हैं। दक्षिण भारत के नेता एन.टी. रामाराव के निधन तथा पंजाब के पूर्व मुख्यमंत्री बेअंत सिंह की हत्या के पीछे इसी प्रकार के उग्रवादी का हाथ था। (अगस्त 1995 में बेअंत सिंह बमविस्फोट में मारे गये)

राजनेता बन जाने के बाद भय का प्रश्न सुलझने के बजाय और भी अधिक टेढ़ा? बन जाता है। देश के बड़े-बड़े राजनेताओं की सुरक्षा-व्यवस्था पर सरकार लाखों-करोड़ों रूपया बहाती है फिर भी उनकी सुरक्षा की कोई गारंटी सरकार के पास नहीं है।

राष्ट्र की पूर्व प्रधानमंत्री स्वर्गीय इंन्दिरा गांधी तथा उनके पुत्र स्वर्गीय राजीव गांधी के राजनैतिक जीवन का उदाहरण हमारे सामने है। सुरक्षा सैनिकों के होते हुए भी नेता की हत्या कर दी जाये, यह कितने खेद की बात है।

ऐसी बात नहीं है कि राष्ट्र की आजादी के पश्चात ही इन आतंककारियों का जन्म हुआ है बल्कि जब भारतीय स्वाधीनता-संग्राम चल रहा था; ऐसे उत्पाती लोग तब भी मौजूद थे। वह भी विदेशी नहीं, बल्कि हमारे अपने ही देश के लोग थे जो देशभक्तों की गतिविधियों को सूचना अंग्रेज सरकार को देते थे। राष्ट्रपिता महात्मा गांधी जी को गोली जिस पुरुष ने मारी थी वह भी एक सिरफिरा पथभ्रष्ट युवक ही था।

राजनेताओं को और तो और, देश की जनता से भी भय लगता है कि वह कहीं उसके खिलाफ बगावत खड़ी न कर दे। देश की जनता जब अपने नेता की भ्रष्ट हरकतों को देखती है तो उसे गद्दी से नीचे उतार देती है और राजनेता पाँच साल तक उस राजगद्दी का इंतजार करने में लगा रहता है।

राजनेता की व्यक्तिगत असुरक्षा की बात हम स्वर्गीय इन्दिरा गांधी, स्वर्गीय राजीव गांधी तथा राष्ट्रपिता महात्मा गांधी की हत्या के मामले में देख सकते हैं। रही बात अन्य देशों से भयभीत होने की, तो राजनेता को दूसरे देशों से कतई नहीं घबराना चाहिए। राजस्थान के पोखरन क्षेत्र में भारत की ओर से परमाणु परीक्षण किये गये, जिसके कारण अमरीका नाराज हुआ। उसने भारत पर सी.टी.बी.टी. पर हस्ताक्षर करने के लिए दबाव डाला फिर भी हमारे देश के नेता अमरीका के दबाव के आगे नहीं झुके। सफल राजनेता को ऐसा ही साहसी होना चाहिए। यह बात अलग है कि हमारे देश की देखादेखी पाकिस्तान ने भी परमाणु-परीक्षण किया लेकिन उससे क्या होता है। हमारा भारत एक गौरवशाली देश है। यह पाकिस्तान, अमरीका, चीन, ब्रिटेन आदि किसी भी राष्ट्र से डरने वाला नहीं है। देश की जनता को चाहिएं कि वे ऐसे नेता का चुनाव करे जो राजनीति के क्षेत्र में बहुत अनुभवी,

साहसी तथा समझदार हो।

(B) धर्मक्षेत्र में भय

धर्मक्षेत्र में भय का विषय काफी पुराना है। जब भी कोई व्यक्ति धर्म की शरण लेना चाहता है तो दुष्ट प्रवृत्ति के लोग उसे ऐसा करने से रोकते हैं। पूर्व में महात्मा गौतम बुद्ध, ईसामसीह तथा पैगम्बर मौहम्मद जैसे धर्म-नेताओं का कितना विरोध किया गया। केवल इसी बात को लेकर कि ये देश की जनता में धर्म की नई बातें बताना चाहते थे। धर्म जो व्यक्ति की व्यक्तिगत धारणा है तथा मनुष्य को शान्ति से जीना सिखलाता है।

इस संसार में आस्तिक और नास्तिक सभी तरह के लोग होते हैं। जब हम ईश्वर तथा धर्म की कहीं बातचीत करने लगते हैं तो हमें डर बना रहता है कि किसी को हमारा कहना बुरा न लगे। अच्छे और बुरे दोनों ही प्रकार के इंसान इस जगत में हैं। अच्छे लोग धर्म नीति-बातों का कभी बुरा नहीं मानते। धर्म से संबंधित बातें सुनकर उन्हें और भी ज्यादा खुशी होती है। लेकिन जिन लोगों का मन साफ नहीं है, नीतियों में दोष है तथा ईश्वर को कभी याद नहीं करते वे इस प्रकार की धार्मिक बातों की अवहेलना किया करते हैं।

यदि हमारा मन सच्चा है तथा हम परमात्मा के प्रति पूर्ण आस्तिक हैं तो हमें ऐसे लोगों का सामना करने में डरना नहीं चाहिए। याद रखिए, भय मनुष्य की सबसे बड़ी कमजोरी है। मनुष्य को चाहिए कि वह ईश्वर के सिवाय किसी से न डरे। ईश्वर से डर रखना अच्छा है क्योंकि हम इससे बुरा कार्य करने से बचे रह सकते हैं। भगवान सच्चे कर्मों और सद्प्रेरणाओं का दाता है। यदि हम उसकी मर्जी के अनुसार चलेंगे तो हमें किसी भी प्रकार का भय नहीं रहेगा।

धर्म की राह पर चलना गुनाह नहीं है। जो लोग सत्संग में भाग लेते हैं उन्हें कभी भी कुसंगी लोगों या दुष्ट प्रवृत्ति के लोगों का संग नहीं करना चाहिए और यदि वे बुरे लोगों का संग करते हैं तो उन्हें समझ लेना चाहिए कि धर्म के पथ पर चलते हुए वे शीघ्र ही एक दिन भय रोग द्वारा मारे जायेंगे। जो लोग धर्म और अधर्म, दोनों तरफ भागते हैं उनको यद्यपि किसी प्रकार का डर नहीं लगता, लेकिन वे बहुत जल्दी ही पतनगामी वन जाते है और अपने स्वर्ण समान जीवन का सत्यानाश कर लेते हैं।

सच्चाई से धर्म तथा ज्ञान के मार्ग पर चलने वाला व्यक्ति कभी भी किसी से नहीं घबराता। धर्म के क्षेत्र में हमको समाज से डर तभी लगता है जब हमारे अंदर कोई कभी या कमजोरी होती है। सच्चे हृदय से ईश्वर का स्मरण करने वाले

व्यक्ति स्वप्न में भी किसी से नहीं घबराते।

(C) कर्मक्षेत्र पर भय

अपने तथा अपने परिवार के आश्रित लोगों के लिए मनुष्य जिस स्थान पर काम करता है, उसे कर्मक्षेत्र कहा जाता है। यह कर्म वह धनोपार्जन की दृष्टि से करता है। जैसा कि हमने 'तनाव और कर्त्तव्यमय जीवन' नामक अध्याय के अन्तर्गत बताया है कि यह कर्मक्षेत्र अथवा व्यक्ति का कार्यक्षेत्र उसका दफ्तर या दुकान, कुछ भी हो सकता है।

कर्मक्षेत्र पर जाने में भय एकाएक नहीं लगता लेकिन जैसे-जैसे हम कार्य की सीमाएँ समझने लगते हैं तो हमें भयजनक व्यक्तियों का भी ध्यान हो उठता है। जो लोग प्राइवेट फैक्ट्रियों में काम करते हैं उन्हें अपने मालिक या बॉस के गुस्सा हो जाने की चिन्ता लगी रहती है। दुकान में कहीं घाटा न पड़ जाये—दुकानदारों को यह चिन्ता लगी रहती है और जो सरकारी कर्मचारी होते हैं उन्हें ट्रांसफर होने या फिर नौकरी चले जाने का भय लगा रहता है।

जो लोग सच्चे कर्मवीर अथवा कर्त्तव्यनिष्ठ होते हैं, उनको इस प्रकार के भय नहीं सताते। इस सबकी आफत सिर्फ उन्हीं को लगती है जो मेहनत से जी चुराते हैं अथवा लगनपूर्णक काम नहीं करना चाहते।

व्यक्ति के विरोधी कर्मक्षेत्र पर कई हो सकते हैं लेकिन उसे इन सब बातों की परवाह नहीं करनी चाहिए। जो लोग दूसरे की उन्नति देखकर जलते हैं, विरोध और दुश्मनी भी वही मोल लेते हैं। इस दुनिया में अच्छे लोग कम हैं जबकि बुरे लोग ज्यादा हैं।

कर्म को पूजा समझने वाला व्यक्ति सदैव निर्भय होकर अपना काम किया करता है। वह अपना कार्य करते हुए कभी इस बात पर ध्यान नहीं देता कि मेरे बारे में कौन क्या सोच रहा है? वह तो एक साधक की भाँति अपनी कार्य-आराधना में लीन रहता है। इससे उसे मानसिक संतुष्टि मिलती है। जब हम कर्म छोड़कर इधर-उधर की बातों पर ध्यान देने लगते हैं तो हमें तनाव और भय दोनों सताते हैं।

हमारे विचार जीवन में सदैव सकारात्मक होने चाहिए। कोई हमारे बारे में कितना ही बुरा-भला क्यों न सोचे, लेकिन हम उसके बारे में कभी बुरा न सोचें। उसके द्वारा कही बातों का कभी बुरा न मानें। जो लोग इस प्रकार की आदत अपना लेते हैं वे अपने कार्यक्षेत्र पर सदैव निश्चिन्त होकर रहते हें तथा सफलता दिनोंदिन प्राप्त करते जाते हैं।

जेसा पूर्व में बताया जा चुका है कि अपने कर्मक्षत्र पर तनाव से बचने के

लिए हम अपना मधुर स्वभाव बनायें तथा सभी के साथ अच्छा व्यवहार रखें। सबको संतुष्ट और खुश रखकर ही हम सच्चे मायने में तनावमुक्त बन सकते हैं।

उदार, हर्षित तथा मिलनसार बनें

तनावमुक्त जीवन जीने के लिए उपरोक्त तीनों बातें मनुष्य के व्यवहार में शामिल की जाती हैं। जो लोग अकेला रहना पसंद करते हैं उनको तनाव का रोग ज्यादा परेशान करता है। भय भी सदैव अकेले में ही आता है।

कर्मक्षेत्र पर सबके प्रति उदारता का बर्ताव करने से तथा सदैव हँसते-मुस्कराते रहने से हम स्वयं भी निर्भय रह सकते हैं और दूसरों को भी भयमुक्त करने में सहयोग दे सकते हैं।

रही मिलनसारी की बात, तो यह गुण भी जितना जल्दी हो सके, हम अपने अंदर धारण कर लेवें। इससे बाद में हमें पछताना नहीं पड़ेगा। प्रायः देखा गया है कि जो लोग हर्षित और मिलनसार होते हें उनको तनाव और भय जैसी परेशानियाँ कम ही परेशान करती हैं।

भय और भय का विस्तार

यह बात तो सत्य है कि अन्य क्षेत्रों की तरह अब मानव के कार्यक्षेत्र के अन्दर भी भय का भूत घुस आया है। यह भूत सूक्ष्म या स्थूल, किसी भी प्रकार का हो सकता है। परन्तु भय के बारे में ज्यादा सोचते रहने से भय कम नहीं होता बल्कि और बढता है। ठीक उसी प्रकार? जिस प्रकार चिंता करने से तनाव कम नहीं होता, बल्कि बढ़ता ही है, भय का विस्तार भी सोचने से होता है। अगर हम व्यर्थ सोचने पर काबू पा लें तो कभी भी हमको भय परेशान नहीं कर सकता। भय का विस्तार शक या सन्देहों से भी होता है। कभी-कभी होता कुछ नहीं है और हम अपने कार्य क्षेत्र के व्यक्तियों पर शक करके भय को और विस्तृत कर लेते हैं। ध्यान रखिए कि भय हमारे कार्य तथा जीवन की उन्नति में सबसे बड़ा बाधक है अतः जब यह हमारे मन में उत्पन्न हो तभी इसे खत्म कर देने का उपाय सोचना चाहिए।

कर्मक्षेत्र पर कोई भी व्यक्ति चाहे कितना भी खतरनाक क्यों न हो, वह भगवान से या हमारे आत्म-विश्वास से बड़ा नहीं हो सकता। अतः कर्मक्षेत्र पर अपना कार्य करते हुए हमें उससे घबराना नहीं चाहिए तथा व्यर्थ की संभावनाऐं भी मन से निकाल देनी चाहिए।

कर्मक्षेत्र पर संघर्ष तथा प्रतिद्वंद्विता

भागवत में मनुष्य के कर्मक्षेत्र को कुरुक्षेत्र अथवा युद्धस्थल माना गया है। जिस प्रकार समरभूमि में पत्येक योद्धा युद्ध करता है उसी प्रकार कर्मक्षेत्र पर भी व्यक्ति को संघर्ष तथा प्रतिद्वंद्विता का सामना करना पड़ता है। यह प्रतिद्वंद्विता राजनीति तथा धर्म के क्षेत्र में भी हो सकती है। एक ही क्षेत्र में जब अनेक व्यक्ति एक दूसरे से आगे निकलना चाहते हैं तो संघर्ष होता है, प्रतिद्वंद्विता होती है। यह संघर्ष ओर प्रतिद्वंद्विता तनाव एवं भय को जन्म देती है।

कर्मक्षेत्र पर अथवा किसी दफ्तर या दुकान में कई लोग उसी प्रकार का कर्म करने वाले होते हैं। इनमें से कुछ समान सहभागियों से ईर्ष्या, द्वेष तथा जलन रखते है जिससे सीधे-सादे कर्त्तव्यनिष्ठ व्यक्ति के मन में व्यर्थ की खिंचावट या तनाव उत्पन्न होता है। भय भी ऐसे ही अनर्थ प्रकृति के लोगों से लगता है। मृदु व्यवहार तथा शिष्टाचार से इस प्रकार के संघर्ष तथा प्रतिद्वंद्विता को काफी हद तक समाप्त किया जा सकता है और स्वयं तनाव एवं भय से मुक्त बन दूसरों को भी वैसा बनने की प्रेरणा दी जा सकती है।

(D) व्यक्तिगत जीवन में भय

मनुष्य के निजी जीवन में भय कई कारणों से जन्म ले सकता हैः—

(1) दौर्बल्य के कारण

(2) धनाभाव के कारण

(3) असुरक्षा की संभावना के कारण

(4) अज्ञानता के कारण

(5) संदेह के कारण

(6) अनुमान के कारण

(7) अंधविश्वास के कारण

(8) कुसंग में पड़ने से

(9) असहयोग तथा अकेलेपन से और

(10) दुःख, निराशा के कारण।

ये सब कारण थोड़ी-बहुत मात्रा में मनुष्य को भयभीत अवश्य करते हैं। सर्वप्रथम दुर्बलता अथवा दौर्बल्य को ही लीजिए। जब व्यक्ति अपने अंदर कमजोरी महसूस करने लगता है तो उसे कई प्रकार का भय सताता है। दुर्बलता के क्षणों में अगर हम सर्वशक्तिमान ईश्वर को याद करें तो हम दुर्बलता के कारण उत्पन्न हुए भय से मुक्त हो सकते हैं। आजकल की दुनिया में जिसका साथी समर्थ होता है उसे किसी से कोई भय नहीं लगता। शक्तिमान भगवान को अपना मानने से हम अपने

जीवन में समर्थता प्राप्त कर सकते हैं।

दूसरी बात धनाभाव की है। गरीब लोग इस बात से डरते हैं कि कल हमें कौन रोटी देगा? मैं समझता हूँ कि ईश्वर के होते हुए और कर्म करते हुए हमें इस प्रकार की बातें नहीं सोचनी चाहिए। भगवान सबका अन्नदाता है। यदि हम उस परम प्रिय प्रभु पर भरोसा करें तथा सतत रूप से अपना कर्म करें तो धनाभाव की समस्या भी आसानी से हल कर सकते हैं।

धनिक लोगों को धनाभाव की चिन्ता नहीं रहती पर धन के चले जाने का भय उन्हें बराबर बना रहता है। वास्तव में ऐसा धन के प्रति लगाव या लोभ की वृत्ति के कारण होता है। जब हम चारों ओर से धन समेटकर अपने पास सुरक्षित और सदा के लिए रखना चाहते हैं तो हमें धन के लुट जाने या खो जाने का भय लग जाता है। यह भय मनुष्य को कई बीमारियाँ प्रदान करता है। अतः इस तरह के भय से बचने के लिए धनासक्ति को पूरी तरह त्याग दें तथा धन को परोपकार में लगायें।

प्रत्येक व्यक्ति का जीवन उसके लिए बहुत अमूल्य होता हैं। मनुष्य सब कुछ जाने देना चाहता है परन्तु अपने शरीर को वह सदा के लिए बचाकर रखना चाहता है। यह जानते हुए भी कि मृत्यु निश्चित है। उसे सदैव अपने शरीर के चले जाने का भय बना रहता है। दुनिया में ऐसा कौन है जो मृत्यु को प्राप्त न हुआ हो तथा ऐसा कौन होगा जिसे आगे मृत्यु नहीं मिलेगी? तब भी हर मानव सोचता है कि वह सदा जियेगा। "मुझे भी एक न एक दिन मरना पड़ेगा या स्थूल चोला छोड़ देना पड़ेगा"—यह स्वीकार करने को आज कोई तैयार नहीं होता। बहुत थोड़े से, समझदार व्यक्ति ही ऐसे होते हैं जो अपने शरीर को नश्वर समझकर चलते हैं। मनुष्य के जीवन में उसके विरोधी, दुश्मन, शारिरिक बीमारी तथा और भी न जाने कौन-कौन सी बाधा विघ्न बनकर आती हैं। अगर हम समस्त विपदाओं को अपनी परीक्षा समझें तो सदैव निर्भय, निश्चिंत तथा निर्विघ्न जीवन का आनंद अनुभव कर सकते हैं। ध्यान रहे कि परिस्थितियाँ हमें पक्का (मजबूत) बनाने के लिए आती है। अतः हमें विकट से विकट परिस्थिति से भी कभी घबराना नहीं चाहिए।

आजकल उत्पात मचाने वाले व्यक्तियों का अधिक बोलबाला है। ये लोग खुद तनावग्रस्त रहकर दूसरों को परेशान करते रहते हैं। ऐसे लोगों से बचने के लिए हमें सरकार तथा पुलिस की मदद लेनी चाहिए। बुरे लोगों से घबराने की बजाय अच्छा है कि हम सब हिम्मत रखकर एकता के साथ उनका मुकाबला करें। हो सकता है, वे लोग हमारी बहादुरी देखकर स्वयं ही मैदान छोड़कर भाग जायें और हम सदा-सदा के लिए सुरक्षित हो जायें।

हमारे राष्ट्र के कश्मीर प्रांत में आजकल असुरक्षा की भावना अधिक फैली हुई है। पाक प्रशिक्षित आतंकवादी वहाँ आये दिन ऊधम मचाते रहते हैं। वहाँ के अल्पसंख्यक लोग आतंकवादियों के डर से घर से भी बाहर नहीं निकलते। पहले पंजाब का भी यही हाल था। आये दिन वहाँ पुलिस गश्त लगाती रहती थी। कश्मीर में आज भी सशस्त्र सेना (मिलेट्री) प्रांत की सुरक्षा व्यवस्था संभाले हुए है। इस फोर्स पर सरकार काफी रुपया खर्च करती है। अगर वहाँ से सेना एक दिन के लिए भी हटा दी जाये तो आतंकवादी प्रांत में त्राहि-त्राहि मचा सकते हैं। आतंकवादियों को जब भी मौका मिलता है, अल्पसंख्यक निर्दोषों पर अंधाधुंध गोलियाँ बरसाकर चले जाते हैं और बाद में सरकारी कार्यवाही होती है।

दुःख की बात तो यह है कि कश्मीर प्रांत के कुछ पथभ्रष्ट लोग पाकिस्तानी इलाको में जाकर आतंकवाद का प्रशिक्षण लेते हैं और अपने ही अल्पसंख्यक पड़ौसियों को भूनते हैं अर्थात खून अपने देश का ही हो रहा है। हमारे राष्ट्र के गौरव और एकता के लिए यह सबसे बड़ा कलंक है।

इस समस्या से निपटने के लिए हमारे देश की सरकार को चाहिए कि वह जितना जल्दी हो सके, इस आतंकवाद की जड़ का पता लगाये। केवल आतंकवादियों की पकड़ाधकड़ी करने से काम नहीं चलेगा। आज ऐसे देशभक्त नौजवानों और नागरिकों की आवश्यकता है जो ठीक उसी प्रकार भयभीत दोशवासियों के अंदर देशभक्ति के प्राण फूँक सकें जिस प्रकार भारतीय स्वाधीनता-संग्राम के समय फूँका गया था। इसके लिए अच्छे-अच्छे देशभक्ति के गीत कवियों को बनाने चाहिए। एक दूसरे पर छींटाकशी या आलोचना करने की बजाय हमें सभी नागरिकों को देशभक्ति का पाठ पढ़ाना चाहिए।

कहानीकारों को चाहिए कि वे देशभक्ति की कहानियाँ लिखें, चित्रकार देशभक्ति को स्पष्ट रूप से दर्शाने वाले सुन्दर रंगीन चित्र बनायें 'नाटककार देश भक्ति के नाटक लिखें। निबंध लेखकों का भली भाँति विचार कर देशभक्ति के उपयोगी निबंध लिखने चाहिए। इस पवित्र कार्य में हमारे देश की माताएं उसी प्रकार आगे आयें, जैसे अग्रेंजों से स्वतंत्रता-प्राप्ति के समय नारियाँ आगे आयी थीं। असुरक्षा के महिषासुर का वध हमें अपने ही हाथों करना पड़ेगा। हिम्मत रखकर ही भय का सामना किया जा सकता है।

संकट के ऐसे समय नेता लोग देशभक्ति के सिर्फ भाषण न करें बल्कि राष्ट्र के प्रति सच्ची निष्ठा का भाव उन्हें अपनाना चाहिए तथा राष्ट्र की जनता के प्रत्येक व्यक्ति की सुरक्षा का दायित्व उन्हें अपने ऊपर लेना चाहिए।

देशद्रोही को मारने या फाँसी देने से ही केवल काम नहीं चलेगा। देशभक्ति

का पाठ हमें देश के प्रत्येक बच्चे को बचपन से सिखना पड़ेगा। इसके लिए लेखकों को चाहिए कि वे राष्ट्रभक्ति से संबंधित श्रेष्ठ बाल-साहित्य का सृजन करें। देश की और देश के नागरिको की सुरक्षा की जिम्मेवारी हममे से प्रत्येक को लेनी होगी।

कभी-कभी अज्ञानता के कारण भी मनुष्य को भय लगने लगता है। यह भय अशिक्षा के कारण होने वाले भय से थोड़ा भिन्न है। जब रात्रि में पेड़-पौधे या किसी वस्तुविशेष की छायाकृति अथवा परछाईं दिखाई दे जाती हैं तो लोग यह सोचकर डर जाते हैं कि हो न हो, यह भूत का ही काम हो अथवा जो कुत्ता, बिल्ली अभी दिखाई दिया है, शायद भूत ही हो। अर्थात समझ न होने के कारण ही ऐसा होता है।

अज्ञानता के बाद संदेह की बात आती है। मनुष्य के व्यक्तिगत जीवन में भय आने का यह एक अहम् कारण है। संदेह अज्ञान का ही दूरूथ रूप है अथवा यों कहिए कि अज्ञान के कारण संदेह की उत्पत्ति होती है।

संदेह एक प्रकार से मिथ्या अभिमान ही है। देह के जीवित रहते हुए संदेह उत्पन्न होता है। संदेह एक प्रकार की असमंजस अथवा अनिर्णय की स्थिति है। भयप्रद वस्तुओं में यह कारण अत्यंत सूक्ष्म प्रकार का होता है।

संदेह के समीप का एक शब्द अनुमान भी है। अनुमान का शाब्दिक अर्थ "लगभग मान है। जब किसी चीज का पूरा ज्ञान नहीं होता तो मनुष्य अनुमान लगाता है। गधे को हरे रंग का चश्मा लगा देने पर उसे सब कुछ हरा-हरा दिखता है जो यथार्थ नहीं होता। अनुमान भी एक प्रकार का अज्ञान का चश्मा है जिससे मनुष्य यथार्थ दृश्य न देखकर कुछ और ही दृश्य देखता है।

अंधविश्वास भी कुज्ञानता के फलस्वरूप उत्पन्न होता है। अंधविश्वास का मतलब अंधा विश्वास या सोच-समझकर अथवा जाँच परखकर न किया गया विश्वास है।

जिस प्रकार अँधेरे में मनुष्य ठोकरें खाता है उसी प्रकार अंधविश्वास रूपी अज्ञान में ठोकर खाता हुआ मनुष्य दर-बदर भटकता रहता है। उसका इस प्रकार भटकना किसी प्रकार के सदुद्देश्य के लिए नहीं होता।

गौर से यदि देखा जाये तो अंधविश्वास का क्षेत्र भी काफी बड़ा है। यह अंधविश्वास धर्म, राजनीति इत्यादि सभी क्षेत्रों में पूर्ण रूप से व्यापक हो चुका है। धार्मिक अंधविश्वास यद्यपि राजनैतिक अंध-विश्वास से भिन्न है परन्तु होता यह उसी प्रकार का अज्ञान है। जिस प्रकार कर्म धर्म में किसी भी दुष्ट, चाहे वह देवता हो, यक्ष हो अथवा प्रेत हो—के ऊपर आस्था रखी जाती है और उससे अपनी सिद्धि की कामना की जाती है उसी प्रकार राजनीति में भी देश की जनता अच्छे या बुरे

किसी भी प्रकार के राजनेता पर विश्वास रखती है और उसे 5 वर्ष के लिए चुनकर उसके द्वारा अपनी कामनापूर्ति करना चाहती है। यह जरूरी नहीं कि बिना सोचे-समझे आस्था और विश्वास रखने वाले प्रत्येक व्यक्ति को उसके कार्य की सिद्धि-प्राप्त हो जाती है या उसकी मनोकामना पूरी हो जाती है। आस्था रखने वाले व्यक्ति को कभी-कभी निराशा का मुख भी देखना पड़ता है।

कुसंग की चर्चा हम अगले अध्याय में करेंगे। यहाँ सिर्फ इतना कहना पर्याप्त होगा कि कुसंग से व्यक्ति जहाँ तनावग्रस्त होता है वहाँ वह भयाकुल परिस्थितियों में भी पड़ सकता है। ऐसे बहुत से लोग होते हैं जो झूठी मित्रता का आश्वासन देकर अपने मित्र को भूत-प्रेत जैसी डरावनी और भयजनक बातें सुनाते रहते हैं।

कुसंग बुरे व्यक्तियों अथवा बुरे विचारों वाले लोगों के संग या साथ रहने को कहते हैं। इस प्रकार की संगत से व्यक्ति के मन-मस्तिष्क, जीवन, आचार-विचार तथा उसके व्यवहार पर बहुत बुरा असर पड़ता है। भयजनक बातों की जानकारी अधिकतर कुसंग से ही मिलती है, पहले पहल मनुष्य को कुछ पता नहीं होता। बच्चा जब छोटा होता है तो उसे भय की अनुभूति नहीं होती। भूत प्रेत, जिन्न या राक्षस क्या होते हैं, इस बारे में वह कुछ नहीं जानता। जब वह स्कूल पढ़ने जाता है तो उसके संगी साथी उससे इस प्रकार की बातें कहते हैं। कई घरों के माता-पिता अपने बच्चों पर इन सब बातों का नियंत्रण रखते हैं।

स्कूल में शिक्षकों की ढीलपोल के कारण इस प्रकार की बातें बच्चों के बीच होती हैं और बच्चा वह सब कुछ सीखता जाता है।

यदि अपने देश के बच्चों को हम भयविकार से बचाना चाहते हैं तो सबसे पहले हमें उनको इस कुसंग से ही बचाना होगा। बच्चों को सत्संग और अच्छे लोगों के साथ का महत्त्व बताकर उन्हें सदा के लिए कुसंग की लत से मुक्ति दिलानी चाहिए।

कुसंग व्यक्ति को पतनगामी बनाने वाला है। मनुष्य के पतन के कारणों में कुसंग एक मुख्य कारण है। भय के परिचय की शुरुआत भी इसी कुसंग से ही होती है।

जब व्यक्ति अकेले रहना पसंद करता है तो उसके दिमाग में तरह-तरह के विचार आते हैं और वह किसी का सहयोग न मिलने की वजह से शीघ्र उदास, निराश, दुःखी अथवा उत्साहहीन हो जाता है। भगवान कभी नहीं चाहता कि हम सदा अकेले-अकेले रहें और न ही ऐसा हमारा समाज चाहता है। मनुष्य को मिलनसार तथा स्नेहशील होना आवश्यक है।

जो लोग स्वभाव से रूखे-सूखे अथवा स्नेहहीन होते हैं वही अकेले रहना पसंद करते हैं। जिसके दिल में सबके लिए प्यार है वह भला क्यों सबसे अपना मुख मोड़ना चाहेगा। जहाँ तक लौकिक कर्म या आध्यात्मिक साधना का सवाल है तो इनमें से किसी को अकेले रहकर प्राप्त नहीं किया जा सकता।

वैसे कई लोग एकान्तसाधक होते हैं किन्तु इस जमाने में सिर्फ साधना ही तो सब कुछ नहीं है। हाँ, एक जमाना था जब लोग गुफा में रहते थे और तपस्या करते थे; परन्तु वर्तमान समय की आवश्यकता यह है कि मनुष्य कर्म करना सीखे और आत्मनिर्भर बने। केवल योगी न बनकर कर्मयोगी बनने की सलाह भगवान ने गीता में भी दी है।

योगी पुरुष केवल अपना ही भला करता है जबकि कर्मयोगी व्यक्ति अपने साथ-साथ अपने समाज तथा अपने देश का भी भला करता है अतः निरा योगी बनने की वजाय कर्मयोगी बनना श्रेष्ठ है।

व्यक्तिगत जीवन में मिलने वाले भय के कारणों में अब हम सबसे अन्तिम कारण की चर्चा करेंगे।

जब किसी व्यक्ति को जीवन में दुःख, निराशा या पराजय मिलती है तो उसे सब प्रकार का भय लगने लगता है। ऐसा व्यक्ति अपने भविष्य की संभावना को लेकर घबराता है। दुःख की स्थिति में वह अपने आपको बहुत कमजोर और असहाय समझने लगता है। निराशा व्यक्ति का आत्मविश्वास कम करने में सहायक बनती है। हमारा आत्मविश्वास जब कभी भी दुर्बल पड़ जाता है तो हमें दूसरों से भय लगने लगता है।

इन सब कारणों का महत्त्व मनुष्य के व्यक्तिगत जीवन में बहुत ज्यादा है। आदमी को निजी जीवन में भय प्रदान करने वाली ये ही बातें हैं।

(E) समाज का भय

भय की सीमा-रेखा समाज से भी निर्धारित होती है। बहुत सारे लोगों को समाज की लोकलाज तथा निंदा से डर लगता है अतः वह समाज के विरुद्ध कोई भी बात कहने या समाज-विरुद्ध कार्य करने से घबराते हैं। हमारे समाज में किसी की हत्या या बलात्कार करने को अपराध समझा जाता है इसलिए समाज का हर एक सभ्य पुरूष ऐसा करने से घबराता है।

किसी हद तक समाज की मर्यादा रेखाएँ ठीक भी हैं और हमें उनका उल्लंघन करने से डरना चाहिए। समाज मानव को केवल वही बातें सोचने, कहने तथा करने की अनुमति देता है जो किसी को नुकसान नहीं पहुँचातीं तथा जिनसे

सारे समाज का भला होता है।

समाज का भय केवल उन्हीं लोगों को लगता है जिनकी नीयत साफ नहीं होती तथा जो हमेशा अनर्थ कर्म करने में ही लिप्त रहते हैं। ठीक उसी तरह जिस तरह एक भ्रष्ट राजनेता; जिसे सब प्रकार का भय लगा रहता है।

एक समय था जब समाज में अनेक कुरीतियाँ, रूढ़ियाँ तथा अंधविश्वास व्याप्त थे और व्यक्ति समाज के सामने मुँह खोलने से भी घबराता था। तब गाँव वाले पंच सरपंचों से कितना डरते थे। वे पंच को परमेश्वर का रूप मानकर चलते थे। पंच का दिया हुआ फैसला सबसे बड़ा समझा जाता था। आज देश के प्रत्येक प्रांत में हाइकोर्ट एवं केन्द्र में सुप्रीम कोर्ट भी है। आज का व्यक्ति समाज से उतना नहीं डरता जितना पहले का आदमी डरा करता था। तब भी आज समाज का भय देश के प्रत्येक मनुष्य को है। चाहे वह अच्छा हो या बुरा। व्यक्ति जो कर्म करता है उसे सारा समाज देखता है। मनुष्य के अच्छे या बुरे कर्म का पता एक न एक दिन सबको पड़ ही जाता है। जो लोग बुरे कर्मो में लिप्त रहते हैं या भ्रष्टाचार करते हैं, समाज उन्हें अच्छी नजर से नहीं देखता। लोगो के मन में निंदनीय कर्म करने वाले व्यक्ति के प्रति सदैव उपेक्षा का भाव रहता है। ऐसे व्यक्ति को समाज में कभी मान-प्रतिष्ठा नसीब नहीं होती है। यदि हम समाज का आशीर्वाद चाहते हैं तो यह जरूरी है कि हम समाज के लोगों को खुश रखकर चलें तथा समाज के हित में कर्म करें। ऐसा करने से हम समाज द्वारा मिलने वाले व्यर्थ के भय से बचे रह सकते हैं।

सामान्य तौर पर कोई भी समाज अपने सदस्य को भयभीत करने वाला नहीं होता। यहाँ तक कि जंगल के पशुओं का समाज भी बड़े आनंद से जीवन बिताता है। मनुष्य फिर क्यों आपस में लड़ेगा? जिस जीव से समाज के दूसरे जीवों को कष्ट मिलने लगता है उसे रोकना आवश्यक हो जाता है चाहे वह जंगल का पशु हो अथवा मनुष्य ही क्यों न हो।

मानवीय समाज में पुलिस, सरकारी जासूस या अन्य प्रशासनिक अधिकारी समाज का एक हिस्सा हैं जिनकी नियुक्ति समाज के अत्याचार एवं अत्याचारियों को रोकने के लिए की जाती है। ऐसा इसलिए किया जाता है ताकि समाज में उत्पात न बढ़े।

जो लोग समाज के कायदे-कानूनों से नहीं डरते वे निरंकुश हो जाते हैं तथा देश में उत्पात मचाने लगते हैं। ऐसे उत्पातियों का दमन बहुत सख्ती के साथ करना चाहिए।

प्राचीन काल में राजाओं की शासन-प्रशासन-व्यवस्था कुछ ठीक थी। राजा

न्यायप्रिय होता था तथा व्यक्ति को अपराध के अनुसार दण्ड दिया जाता था। इससे हरेक व्यक्ति अपराध करने से घबराता था। उदाहरण के तौर पर राजा विक्रमादित्य और सम्राट हर्ष का शासन काल। यदि हम निर्दोष हैं तो हमें समाज से डरना नहीं चाहिए परन्तु यदि हमसे भूलवश कोई पाप हो जाता है तो समाज से अवश्य डरें। अपनी भूल समाज के लोगों को साफ-साफ बतानी चाहिए। ऐसा करने से हम बिल्कुल न घबरायें। हो सकता है सच-सच बता देने से हमारे समाज के लोग हमें क्षमा कर दें इससे हम सदा के लिए निश्चिंत हो जायेंगे।

भय चाहे व्यक्तिगत हो या सामाजिक; वह भय ही होता है। भय सभी प्रकार का खतरनाक है इसलिए कोशिश ऐसी करनी चाहिए जिससे हमारे मन में ज़रा भी भय उत्पन्न न हो सके तथा हम अपने सदाचरण से दूसरे व्यक्तियों को निर्भय बना सकें।

(F) अन्तर्राष्ट्रीय भय

अन्तर्राष्ट्रीय भय के उदाहरण हम देश-विदेश की घटनाओं के अतर्गत देख सकते हैं। कुछ साल पहले ईराक के राष्ट्रपति सद्दाम हुसैन के कारण खाड़ी देशों में भय छा गया था क्योंकि उसने जबरन कुवैत पर कब्जा कर रखा था। अमेरिका ने उसे धमकी दी कि यदि वह कुवैत को अपने चंगुल में आजाद नहीं करेगा तो बहुराष्ट्रीय सेनाओं के साथ उसका मुकाबला किया जाएगा। हठी सद्दाम हुसैन नहीं माने और खाड़ी युद्ध हुआ। बाद में वह किसी अन्य देश में जाकर छिप गये।

अभी कुछ ही समय पहले हमारे देश में परमाणु बम परीक्षण किये गये। जिस पर अमरिका जैसे विकसित देश और पकिस्तान जैसे विकासशील देश ने आवाज उठाई। बाद में असुरक्षा के भय से घबराकर पाकिस्तान ने भी परमाणु बम-परीक्षण किया।

अन्तर्राष्ट्रीय भय का सबसे बड़ा उदाहरण कई देशों को अमरीका जैसे विशाल साम्राज्य से लगने वाला भय है। इस समय अमरीका विश्व में नवीन तकनीकी से युक्त सर्वाधिक विकसित देश है। कई राष्ट्र डरते हैं कि हिरोशिमा और नागासाकी के जन-संहार की तरह अमरीका गुस्सा होकर उनके देश पर कहीं बम न पटक दे।

जहाँ तक भारत का सवाल है, वह अमरीका जैसे बड़े राष्ट्र से भी नहीं घबराता। उसने आज तक किसी भी देश के सामने झुकना स्वीकार नहीं किया है। यह भारत जैसे गौरवशाली देश की बहादुरी की निशानी है कि अमरीका के लाख दवाब डालने पर भी उसने सी.टी.बी.टी. पर हस्ताक्षर नहीं किये।

अन्तर्राष्ट्रीय भय को लेकर एक बात मेरे दिमाग में बार-बार भय जैसी चीज

उत्पन्न कर रही है। परमाणु बम जैसे खतरनाक विषय की इन पंक्तियों को लिखते हुए यह लेखक भी लगभग बुरी तरह भयभीत हो रहा है। यह भय जापान देश के हिरोशिमा तथा नागासाकी नगरों के ध्वस्त (विनाश) की बात सोचते हुए हुआ है। पाठकों को द्वितीय विश्वयुद्ध के समय की बात का पता ही होगा कि किस प्रकार अमरीका नामक गर्वित देश ने जापान से नाराज होकर उसके नगरों में परमाणु बम गिरवाये थे। कहते हैं वहाँ आज भी विकलांग बच्चे पैदा होते हैं। परमाणु बम गिरने के बाद वहाँ काफी समय तक फसल, वनस्पति आदि उत्पन्न नहीं हुई। बाद में जापान वालों ने नई टेक्नोलॉजी का प्रयोग कर अपने राष्ट्र नगरों को फिर से आबाद किया।

परमाणु बमों से कई गुना ज्यादा शक्ति हाइड्रोजन और न्यूट्रोन बमों में होती है। आज लगभग कई देशों ने इस प्रकार के बम बना लिए हैं। डर तो केवल इस बात से लगता है कि जब ये खतरनाक बम चलेंगे तब क्या होगा।

यह एक प्रकार का अंर्तराष्ट्रीय भय है जो न तो अशिक्षा और न ही अज्ञान के कारण उत्पन्न हुआ है बल्कि आजकल अन्तर्राष्ट्रीय धरातल के जो हालात और विचार हैं उसी के फलस्वरूप इस प्रकार के खतरनाक भय का श्रीगणेश हुआ है। अन्तर्राष्ट्रिय भय विभिन्न देशों की अज्ञानता तथा मनमानी से पैदा होता है। जब कोई भी देश निरंकुश होकर अपनी मनमानी हरकतें करने लगता है तो उससे सबको खतरा लगने लगता है और अन्तर्राष्ट्रीय भय का बाजार गर्म होता है। यदि हर कोई राष्ट्र इसी प्रकार अपनी मनमानी करने लगे तो दुनिया का कौन सा देश भला भय और विनाश से बच पायेगा?

अंर्तराष्ट्रीय भय का नामेनिशान मिटाने के लिए हमें सारे विश्व में जागृति की एक लहर फैलानी होगी तथा रासायनिक हथियारों के निरस्त्रीकरण की आवाज को सारे देशों के बीच रखना होगा। इसके साथ-साथ परस्पर अन्तर्राष्ट्रीय मैत्री तथा सद्भाव की भावना दूसरों तक पहुँचाने की आवश्यकता है। धर्म तथा मजहब की दीवारों से ऊँचा उठकर क्यों न हम सारे संसार का भला सोचें तथा अन्तर्राष्ट्रीय भय अथवा विभिन्न राष्ट्रों के मध्य फैले हुए भय के विषय का खात्मा करें।

जब दुनिया से अन्तर्राष्ट्रीय भय समाप्त होगा तभी धरती का एक-एक मानव चैन की साँस ले सकेगा वर्ना घृणा, ईर्ष्या और द्वेष की आग में जलता हुआ प्रत्येक देश लगभग उसी तरह स्वाहा हो जाएगा जैसे चूल्हे की अग्नि में ईंधन जलकर भस्म हो जाता है।

(G) बच्चों में भय

बच्चों में भय का प्रश्न उतना ही जटिल है जितना बड़ो में। इसका कारण

यह है कि बच्चे मासूम होते हैं। उनका दिल कोमल होता है। हमारे घरों में सबसे बड़ी गलती यह की जाती है कि बच्चों को भूत-प्रेत से सम्बंधित कहानियाँ सुनाई जाती हैं। आजकल टेलीविजन पर भी जादू-टौने के कार्यक्रम आने लगे हैं।

उपरोक्त कारणों से बच्चों में भय के संस्कारों की नींव पड़ती है और वह छोटी-उम्र से ही भयजनक बातों के बारे में सोचता हुआ डरा-डरा और सहमा-सहमा रहता है।

जब बच्चों के मन में कोई डर घर कर जाता है तो वे काफी समय तक किसी से कुछ नहीं कहते। कुछ बच्चे अपने माता-पिता अथवा घर के अन्य सदस्यों से अपनी बात कहने में झिझकते हैं। बच्चों के माँ-बाप को चाहिए कि वे ऐसे संकोच प्रवृत्ति वाले बच्चों की साइकोलोजी (मनोविज्ञान) समझें।

बच्चों में समाया हुआ भय समाप्त करने के लिए बाल-मनोविज्ञान को हमें भली भाँति जानना होगा। सबसे पहले उन सभी कारणों का पता लगाना होगा जिसके कारण बच्चे में भय उत्पन्न हुआ है। इसके साथ ही साथ उस भय के निराकरण का उचित तरीका ढूँढ़ना होगा। यदि आप अपने बच्चे को भयानुभव से बचाना चाहते हैं तो सर्वप्रथम बुरे लड़कों की संगत से उसे दूर रखिए। अधिकतर कुसंग में पड़कर ही बच्चा ऐसी भयजनक बातें सीखता है। इसके अलावा डरावनी फिल्मों या टेलीविजन के भयानक नाटकों से उसे दूर कीजिए। भूत-प्रेत और जादू टौने-से सम्बन्धित साहित्य भी उसे न देना होगा। इन सब कारणों से आपका बच्चा भय की बला से काफी सीमा तक बचा रह सकता है।

भूत-प्रेतों की बातें शुरू-शुरू में बहुत मनोरंजक तथा रोचक लगती है किन्तु शीघ्र ही वे कमजोर दिल वाले मासूम बच्चों के अंदर भय का स्थान बना लेती है। इससे बच्चा कभी सपनों में बड़बड़ाता है, कभी सोता-सोता चौंककर जाग जाता है और कभी घबराकर रोने लगता है।

मैंने कई बच्चों को उनके संगी-साथियों अथवा सहपाठियों द्वारा डरावनी बातें कहते हुए सुना है। मेरा एक भतीजा है—कौशल किशोर। तीसरी कक्षा में पढ़ता है। उसके स्कूल के रास्ते में एक इमली का पुराना पेड़ है। कुछ दिन पहले कौशल के स्कूल में किसी ने उससे कह दिया था कि इमली के पेड़ पर भूत रहता है। बेचारा बच्चा कई-कई दिनों तक, जब उस पेड़ के नीचे से होकर निकलता था तो भागकर जाता था। इसके बाद कई दिन वह दूसरे रास्ते से होकर आया। उसे यही डर था कि इमली वाला भूत कहीं उसे पकड़ न ले।

दूसरी बात इसी बच्चे के साथ घटित होने वाले अन्य विधार्थियों के डर की

है। स्कूल के कुछ लड़को से कौशल का झगड़ा हो गया था इसलिए वे रास्ते में उसे परेशान करते थे। सिर्फ विधार्थियों से ही नहीं बल्कि बच्चा शिक्षकों से भी घबराने लगा था। कौशल के साथ ही बीती हुई एक घटना है। इस वर्ष के आरंभ में स्कूल में एक दिन उसकी नई मैडम ने उसे डण्डे से खूब जोर से मारा। बच्चे ने घर आकर चोट के सारे निशान अपने माता-पिता को दिखाये। बाद में हैडमास्टर साहिबा से उस शिक्षिका की शिकायत की गई। कौशल अभी भी उस मैडम के पास जाने से घबराता है।

कई बच्चों की घर पर उनके माँ-बाप पिटाई करते हैं लेकिन बच्चों को मारना-पीटना उनके सुधरने का उचित तरीका नहीं है। यदि बच्चा गलती करता है तो बड़े प्यार से उसे समझाना चाहिए। जीवन में भूलें किससे नहीं होतीं? बच्चों से हुई गलतियाँ ज्यादा बड़ी नहीं होतीं।

बच्चों में डर उन्हें कठोर दण्ड देने से भी पनपता है। ठीक उसी तरह जिस तरह कि भूत-प्रेतों का डर होता है। बड़ों को चाहिए कि वे बच्चों द्वारा हुई भूल पर अविवेक रूप से दण्ड देने के बजाय भूल के समस्त कारणों का कड़ी सावधानी से पता लगाएँ और तब कोई निर्णय लें। कहते हैं कि जब बच्चा बड़ों की मार-पिटाई या डाँट-डपट देखता है तो वह उसे सीख जाता है तथा अपने से छोटे बच्चों को उसी प्रकार की डाँट पिटाई से या डाँट धमका कर अपना काम निकालता है। ऐसे बच्चे बड़े होकर बिगड़ जाते हैं तथा बड़े-बड़े मुजरिम बनते हैं। इस सबका कारण बच्चों के मासूम जीवन में भय व अशान्ति की नींव डालने वाले बड़ी उम्र के लोग होते हैं।

(H) महिलाओं के भय और असुरक्षा की भावना

बड़ी उम्र के व्यक्तियों में भय की भावना पुरुषों की अपेक्षा महिलाओं में अधिक होती है क्योंकि वे शारीरिक रूप से उनके मुकाबले दुर्बल होती हैं। हमारे देश में नारी को शुरू से ही अबला कहा गया है। पूर्व की नारी घर से बाहर निकलने में या समाज के चार व्यक्तियों के सामने अपनी बात कहने में डरती थी लेकिन अब ऐसा नहीं है। समय के साथ-साथ जमाना बदला है और महिलाओं के मनोविचारों में भी परिवर्तन आया है। आज की नारी अपने आपको अबला नहीं मानती। वह समाज के साथ कदम से कदम मिलाकर चलना चाहती है। आज नारी विज्ञान, सेना, प्रशासन, धर्म इत्यादि प्रत्येक क्षेत्र में आगे है। फिर भी कहीं न कहीं उसे किसी बात का भय अवश्य बना रहता है। आइए, इस भय को तलाशने की कोशिश करते हैं।

यह तो हम सभी जानते हैं कि आज का समय कितना तमो प्रधान हो चला है। काम-वासना जैसी बुरी भावना अच्छे और बुरे प्रत्येक इंसान में जन्म लेने लगी है। हमारे समाज में आज भी कई ऐसे पुरुष हैं जो महाभारत कालीन कीचक की प्रवृत्ति के हैं। कहते हैं कीचक द्रोपदी को बुरी नीयत से देखता था। भारतीय महिलाओं में सबसे बड़ा भय इन्हीं लोगों से है। ऐसे लोग घरों के आसपास, बाजार, दफ्तर, दुकान तथा हर जगह मिल जाया करते हैं। मैं मानता हूँ कि हमारे देश की भोली-भाली माता-बहिनें निर्दोष होती हैं परन्तु पुरुषों में सभी तो अच्छे नहीं होते। बहुतों की नीयत बुरी भी होती है।

जीवन में महिलाओं को घर बाजार के कई काम करने होते हैं अतः उन्हें घर से बाहर निकलना पड़ता है। जो स्त्रियाँ घर से बाहर काम पर जाती हैं उनके लिए तो और भी ज्यादा मुसीबत है। किसी भी क्षण उन पर हमला हो सकता है। अतः ऐसे बुरे लोगों से निपटने के लिए मेरी राय तो यह है कि सारी माताएँ बहिनें प्रशिक्षण केन्द्रों पर आत्मसुरक्षा का प्रशिक्षण लेना सीखें। यदि ऐसे प्रशिक्षण केन्द्र अब तक स्थापित नहीं हो सके हैं तो सरकार को चाहिए कि वह इस दिशा में पहल करे। दूसरी बात देश के जागरूक नागरिकों के दायित्व की है। जो लोग नारी जाति को सम्मान देते हैं उन्हें चाहिए कि वे महिलाओं की आत्मरक्षा तथा उनकी सुरक्षा-व्यवस्था में मदद करें। ऐसा करने से देश की नारियों के मन का भय काफी कम हो सकता है।

भारतीय नारी को चाहिए कि वह अपने आपको सर्वशक्तिमान परमेश्वर की पुत्री, शक्ति का अवतार या शिव की शक्ति समझे। दुर्गा, काली, गायत्री आदि जितनी भी देवियाँ हैं वे वास्तव में शिवशक्तियाँ ही तो हैं। भारत की प्रत्येक नारी वैसी ही महान है अतः नारी सर्वप्रथम स्वयं के गौरव को पहचाने। जीवन में भी वह अपने आपको अकेला न समझे। अगर नारी शक्ति, शिव को सदैव अपने साथ लेकर चलेगी तो दुष्ट पुरुषों की हिम्मत नहीं है जो उन्हें ज़रा भी बुरी नजर से देख सकें।

मुसीबत के समय और कोई नहीं, भगवान ही मदद करता है। इसलिए नारी को भयभीत होने की बजाय भगवान पर पूरा भरोसा रखना चाहिए। पूर्व में भी ईश्वर ने द्रौपदी आदि असहाय नारियों की लाज बचाई है। भगवान भारत की आस्तिक और श्रद्धालु नारियों की इज्जत बचाने के लिए हमेशा तत्पर रहता है। सूक्ष्म और अदृश्य रूप से वह उनकी सहायता अवश्य करता है। अतः महिलाओं को जीवन में किसी भी व्यक्ति से भयभीत नहीं होना चाहिए। यदि आपमें सत्य और ब्रह्मचर्य का बल है तो कोई भी आपका कुछ नहीं बिगाड़ सकता।

(I) देश की जनता में भय

परिवार व्यक्तियों से मिलकर बनता है, समाज परिवारों से मिलकर बनता है तथा देश अथवा राष्ट्र, समाज का एक समूह होता है। एक राष्ट्र के अंदर कई प्रकार की जाति धर्म वाले लोगों के समूह अथवा समाज हो सकते हैं।

जहाँ तक भय का सवाल है, देश के आम नागरिक के जीवन पर भय एक प्रश्नचिन्ह की तरह लगा हुआ है। आज राष्ट्र का प्रत्येक नागरिक अपने जीवन में असुरक्षा की भावना अनुभव करने लगा है। अपने भविष्य के प्रति वह बहुत चिन्तित दिखलाई देता है।

एक राष्ट्र में नागरिकों को भय प्रदान करने वाले कई तत्त्व हो सकते हैं जिनमें से कुछ का वर्णन पूर्व में किया जा चुका है। इनकम टैक्स बाले और आतंकवादी समान रूप से देश की जनता को प्रभावित करते हैं। टैक्स वाले सरकारी अधिकारी होते हैं।

जो लोग काला धन कमाते हैं या बेईमानी से जनता का रुपया लूटते हैं, वे ही उनसे डरते हैं। आतंकवादी देश की जनता में फूट डालने के लिए उत्पात मचाते रहते हैं। कुछ बदमाश लोग चोर-उचक्के आदि भी होते हैं जो लोगों को भय देते हैं। ये लोग दिन या रात में स्त्रियों को स्वर्ण-भूषण, वस्तु या रुपये-पैसे लूटने में या किसी की जान तक लेने में नहीं हिचकिचाते।

जनता के मन का भय दूर करने के लिए हमारे देश की सरकार को चाहिए कि वह जनता की देखभाल और सुरक्षा-व्यवस्था का उचित प्रबंध करे। बाजार, बस स्टेण्ड तथा रेलवे स्टेशन आदि भीड़-भाड़ वाली जगह पर पुलिस के सिपाही तैनात किये जाने चाहिए ताकि मुसीबत के समय लोगों की रक्षा की जा सके।

पिछले वर्ष की एक सत्य घटना है। गर्मियों के दिनों में हम सब छत पर सो रहे थे। पड़ौस में सोने की मोटी चेन पहनकर एक महिला भी अपने घर के आँगन में सो रही थी। सवेरे सुना गया कि उक्त पड़ौसिन के गले की जंजीर कोई उतारकर ले गया। चेन की कीमत दस-पंद्रह हजार रुपये बताई गई। इस प्रकार की और भी घटनाएँ जगह-जगह होती रहती हैं। सड़कों पर आये दिन वाहन, दुघर्टनाऐं होती हैं। इसमें दोष किसी का भी हो, जान तो निर्दोष लोगों की ही जाती है।

अतः इस सबके ऊपर बहुत गौर करने की आवश्यकता है ताकि जनता को किसी भी प्रकार के भय की संभावना से बचाया जा सके।

14. दुर्व्यसन तथा कुसंग : तनाव के जनक, पोषक और परिवर्धक

दुर्व्यसनों में पहली श्रेणी शराब, अफीम, कोकीन, भाँग, गाँजा, चरस, तम्बाकू या बीड़ी-सिगरेट जैसे नशीले पदार्थों की है तथा दूसरी जुआ, सट्टा, कामुक प्रवृत्ति एवं अण्डा, माँसाहार जैसे तामसिक प्रकार के भोजन की है। इन सभी को मिलाकर दुर्व्यसन कहते हैं। इन दुर्व्यसनों के फलस्वरूप मनुष्य के मन में तनाव उत्पन्न होता है। तनाव को पोषण व परिवर्धन भी इन्ही गलत आदतों से मिलता है। इस अध्याय में हम इन सभी दुर्व्यसनों के हानिकारक परिणामों एवं अंत में कुसंग की चर्चा करेंगे।

शराब

क्लिंटनवेन नामक प्रसिद्ध विद्वान ने शराब को आग कहा है। यह मनुष्य का तन-मन खत्म करने वाला एक असाध्य रोग है। शराब वह अग्नि है जो जल से कभी शान्त नहीं होती। एक प्राचीन मद्यकथा के अनुसार शराब बेचने वाले एक व्यक्ति ने राजा को शराब की विशेषताएँ बतलाते हुए कहा है—"राजन्, यह पिशाचिनी मद्य है। जो व्यक्ति इसका सेवन करेगा, उसे अपनी सुध-बुध न रहेगी। इस पदार्थ में तुम्हारा सारा ज्ञान और विवेक-शक्ति नष्ट करने की ताकत है। इसके पीने से मनुष्य की बुद्धि मलीन हो जाती है और वह पापकर्म करने लगता है।"

अनेक प्रकार की शारीरिक एवं मानसिक व्याधियाँ शराब के कारण आती हैं जो मनुष्य के अंदर तनाव का बोझ बढ़ाती हैं। डॉक्टरों का मानना है कि शराब पीने से मनुष्य के अंदर से संयम की शक्ति चली जाती है और मनुष्य शीघ्र वृद्ध हो जाता है। यह मनुष्य की पाचन शक्ति नष्ट करने वाली, सनक ओर दीवानापन लाने वाली तथा रोगाणुओं को शरीर में पहुँचाने वाली है। इससे निमोनिया, क्षय, शोथ, श्वॉस जैसे रोग हो जाते हैं। इन रोगों के फलस्वरूप व्यक्ति के मन-मस्तिष्क में तनाव की मात्रा बढ़ती है।

डॉ. लेथवे के अनुसार शराब जीवित शरीर में नसों की चेतना शक्ति को नष्ट कर देती है। इससे मस्तिष्क में उत्तेजना, तनाव और व्याकुलता आती है।

मस्तिष्क का विकास रुकता है तथा ज्ञानतंतु सिकुड़ जाते हैं। नसों और पुट्ठों की छोटी कोशिकाओं को नष्ट करके शराब उनका बढ़ना रोक देती है। यह ऑक्सीजन के प्रसार को रोककर चर्बी बढ़ाती है। शराब से आदमी के शरीर की चमड़ी सूख जाती है तथा मल रुकता है। यह मनुष्य की हृदय-गति बढ़ाती है।

शराब के संबंध में कुछ प्रसिद्ध चिकित्सकों की राय इस प्रकार है—

(1) डॉ. बी. डब्लू. रिचर्डसन (एम.डी., एफ.आर.एस.)—"शराब, जो भ्रमात्मक आनंद क्रिया और दिखावटी शक्ति प्रदान करने वाला पदार्थ है, कब्र में दफनाये जाने योग्य है।"

(2) सर बगमल बार्ट (एम.डी.)—"मैं कहता हूँ कि देश को नष्ट करने में शराब प्रबल योद्धा है।"

(3) सर विक्टर होसले (एफ.आर.एस.)—"शराब या एल्कोहल डॉक्टरी के लिए भी योग्य नहीं। न यह भोजन है।"

(4) ई. मेक डावेल कासग्रेव (एम.डी., एफ.आर.सी.पी.)—"शराब मस्तिष्क को नष्ट कर देती है।"

(5) सर एन्ड क्लार्क वार्ट (एम.डी.)—"शरीर को शराब से कोई लाभ नहीं हो सकता।"

(6) सर फ्रेडरिक वार्ट (सम्राट जार्ज के गृह चिकित्सक)—"शराब पीने के बाद शरीर किसी काम के लायक नहीं रहता।"

(7) मि. डेनियल्स (अमेरिका के जंगी जहाजों के मंत्री)—"जिनके अधिकार में बिजली और भाप की मशीनें रहें उन्हें शराब के चंगुल में ज़रा भी अपने आपको फँसने का मौका देना अति भयानक है।"

अफीम

शराब की तरह अफीम नामक नशीला पदार्थ भी मनुष्य के जीवन को तनाव एवं कलह-क्लेश से पूर्ण बनाने में सहायक होता है।

अफीम हमारी नसों को कमजोर बना देती है। इसके सेवन से हमारा वायुमण्डल सदैव के लिए निर्जीव हो सकता है। अफीम मनुष्य के मस्तिष्क को मंद करके उसके ज्ञान-तंतुओं को मूर्च्छित कर देती है। अफीम से व्यक्तियों को निम्न पाँच प्रकार के रोग हो सकते हैं। (1) कब्ज (2) पाचनशक्ति नष्ट (3) श्वास रोग (4) मंद बुद्धि तथा (5) चिड़चिड़ापन।

अफीम तम्बाकू से कई गुना हानिकारक होती है। ब्रिटिश फौज में यदि किसी सैनिक को अफीम का सेवन करते हुए देख लिया जाता है तो उसे नौकरी

से निकाल दिया जाता है क्योंकि उसकी वफादारी संदेह-भरी हो जाती है। इस प्रकार से अफीम व्यक्ति का विश्वास भुला देती है। भारत के अनेक गाँवों में लोगों की मृत्यु अफीम के कारण होती है। हिन्दू धर्म में अफीम की खेती करना बुरा माना गया है। उड़ीसा में अफीम का सेवन एक अभिशाप बन गया है। आज से ढाई सौ वर्ष पूर्व उड़ीसा वैभवशाली देश या किन्तु अफीम की लत ने वहाँ के लोगों का सब कुछ नष्ट कर दिया।

जो लोग अपने जीवन में तनाव से सदा के लिए छूटकारा पाना चाहते हैं उनके लिए अफीम पदार्थ छूना भी बुरा है।

कोकीन

दुर्व्यसनों में तीसरे प्रकार का नशीला पदार्थ कोकीन है। मनुष्य के अंदर भयानक प्रभाव लाने और शरीर को सुन्न बनाने में यह सारे नशों से बढ़कर है। इसका आरंभिक प्रभाव सुस्ती का आना होता है, परन्तु अन्त में मस्तिष्क, शरीर और आत्मा के तेज का इससे नाश होता है। भारत के लम्पट नर-पशु इसे पान में रखकर खाते हैं।

कोकीन का नशा उतर जाने के बाद मनुष्य को अत्यधिक तनाव तथा घोर नरक की जिन्दगी का अनुभव होता है। उसे भय, काम, भूख, अनिद्रा, मंन्दाग्नि तथा शूल जैसे रोग सताने लगते हैं। इससे मनुष्य की आयु नष्ट होती है। सिरदर्द की टिकिया में काफीन फेनेस्टीन होता है। यदि उसकी अधिक मात्रा काम में लाई जाये तो मनुष्य की मृत्यु हो जाती है। अमरीका के प्रसिद्ध डॉक्टर आलीवर वेनडेल होलास का कहना है कि यदि काफीन फेनेस्टीक से बनी सभी दवाइयाँ समुद्र में फेंक दी जायें तो इससे मानवजाति का तो फायदा होगा किन्तु मछलियों के जीवन का बहुत नुकसान होगा। तनावमुक्त जीवन जीने के लिए हमें कोकीन जैसे नशीले पदार्थ से दूर रहना चाहिए।

भंग, गाँजा ओर चरस

उपरोक्त तीनों रूप भाँग के ही हैं। चरस और गाँजा मनुष्य को मतवाला बना देता है। इससे पीने वाले की वृत्ति हिंसक हो जाती है। चरस पीने वाले प्रायः पागल हो जाया करते हैं। ये पदार्थ थोड़ी सी मात्रा में भी नींद और खुमारी लाने वाले होते हैं। ज्यों-ज्यों भाँग पदार्थ का नशा बढ़ता जाता है, मनुष्य को स्वप्न दिखाई देने लगते हैं तथा कल्पनाओं में उड़ने लगता है। भाँग पीकर व्यक्ति विवेकहीन हो जाता है तथा मुख से अनर्गल बकने लगता है। उसका स्नायुमण्डल

ढीला पड़ जाता है और वह अनेक रोगों का शिकार बना रहता है। भाँग, गाँजा तथा चरस जैसी चीजों का सेवन करने वाले लोग सिडी, दीवाने, क्रोधी तथा आवारागर्द हो जाते हैं।

आज LSD जैसी गोलियाँ तथा अन्य नशीली दवाइयों का सेवन करने की लत भी शहरी युवक-युवतियों में बुरी तरह लग गई है। चरस तथा हशीश जैसे नशीले पदार्थों का सेवन चोरी छिपे किया जाने लगा है।

मेन्ड्रेक्स नामक एक कृत्रिम नशीली दवाई उत्तेजना फैलाने वाली होती है। मेरीजुआना नामक नशीला और प्राणघातक पदार्थ भी युवकों को अब प्रिय लगने लगा है। ये सब नशीली दवायें अधिकतर सिगरेट में लिपेट कर या चिलम में भरकर पी जाती हैं। इसके अलावा पान मे डालकर और गोलियाँ बनाकर भी लोग इन्हें खाते हैं। कुछ लोगों को नशीली दवाओं का इंजेक्शन लेने की आदत पड़ जाती है। दिल्ली विश्वविधालय के कालेज तथा होस्टलों में इस प्रकार के मादक द्रव्यों का सेवन करने की बड़ी भारी समस्या उत्पन्न हो गई है।

नशीला पदार्थ चाहे भाँग, चरस या गाँजा हो अथवा कोई अंग्रेजी दवा—हर दृष्टि से वह मानव के स्वास्थ्य के लिए हानिकारक ही होती है। इन नशीली दवाओं के सेवन से व्यक्ति का जहाँ शारीरिक स्वास्थ्य खराब होता है वहीं उसका मानसिक संतुलन भी बिगड़ता है। इस असंतुलन से वह अपने कार्यों को ठीक तरह से नहीं संभाल पाता और प्रायः तनावग्रस्त रहता है।

तम्बाकू तथा बीड़ी-सिगरेट

मनुष्य के लिए तम्बाकू खाना या बीड़ी-सिगरेट पीना उतना ही खतरनाक है जितना कि शराब पीना। तम्बाकू की भाप मनुष्य के गले को हानि पहुँचाने वाली होती है। तम्बाकू से कार्बन बनता है। यह कार्बन व्यक्ति के गले और कलेजे में जम जाता है। तम्बाकू अमोनिया उत्पन्न करता है जो मनुष्य की जीभ फाड़ता है। इससे मनुष्य के अन्दर ओर अधिक धूम्रपान करने की इच्छा जाग्रत होती है। अमोनिया रक्त को दूषित करता है। तम्बाकू में एक निकोटिन नाम का विषैला पदार्थ होता है जिसकी एक बूँद चाटने से जानवर मर जाता है।

तम्बाकू के कोलिडीन नामक जहरीले क्षार से मनुष्य के स्नायु दुर्बल हो जाते हैं और उसे चक्कर आने लगते हैं। बीड़ी, सिगरेट के सेवन से ग्रसित एसिड बनता है, वह ज्ञान तन्तुओं को मलीन कर देता है। तम्बाकू से निकली कार्बन मोनोक्साईड गैस गला घोंटकर मार डालने वाली गैस होती है। इसके जहरीले प्रभाव से मनुष्य का साँस जल्दी जल्दी चलने लगता है तथा हृदय की धड़कन तीव्र हो जाती है।

शरीर में ऐंठन और रोमांच होने लगता है। आँखों की पुतलियाँ फैलने लगती हैं और बेहोशी छाने लगती है। तम्बाकू से ज्ञानतंतु ढीले हो जाते हैं, मनुष्य के आचार-विचार नष्ट हो जाते हैं तथा मन में चिड़चिड़ाहट आती हैं।

तम्बाकू और बीड़ी-सिगरेट के उपरोक्त हानिकारक प्रभाव ही मनुष्य के जीवन को अत्यधिक तनावयुक्त बना देते हैं।

एक डॉक्टरी अनुमान के मुताबिक धूम्रपान से मनुष्य की आयु 10-15 वर्ष घट जाती है। तम्बाकू एवं बीड़ी-सिगरेट का नशा मुख दर्द, अपच, गठिया का दर्द तथा मस्तिष्क रोगों को तो जन्म देता ही है, साथ ही साथ मुख और गले के कैंसर की संभावना को भी बढ़ाता है। तम्बाकू चबाने से दाँतों की बीमारी तथा दाँतों का कैंसर हो जाता है। इसके साथ ही उससे मनुष्य की दृष्टि कमजोर तथा अंग शिथिल होने लगते हैं।

धूम्रमान से मनुष्य का खून सूखता है तथा पेट में गड़बड़ी पैदा होती है। ऐसा व्यक्ति शीघ्र ही कमजोर होकर अपनी इच्छा-शक्ति (विलपावर) तथा संयमशक्ति खो बैठता है।

तम्बाकू से मनुष्य के मन की उलझनें बढ़ती हैं तथा संशय का रोग सताने लगता है—तनाव इन्ही बातों की वजह से आता है।

तम्बाकू के संबंध में कुछ प्रसिद्ध व्यक्तियों एवं महापुरुषों के कथन

(1) महात्मा गांधी—"शराब और भाँग की तरह तम्बाकू भी खराब चीज है। जो शराब को खराब मानता है वह सिगरेट तथा तम्बाकू कैसे पी सकता है?"

(2) डॉ.मसी —"मेरे पास ऐसे हजारों रोगी आते हैं जिनकी पाचन-शक्ति धूम्रपान से ही बिगड़ी है।"

(3) टॉल्सटॉय—"धूम्रपान मनुष्य की बुद्धि नष्ट कर उसे अधर्म के कामों में लगाता है। यह धूम्रपान शराब से भी बुरा होता है।"

(4) डॉ. टी. ए. निकोलस—"मैने तम्बाकू, शराब और चाय आदि नशीली चीजों में शरीर को पोषण देने वाला एक भी गुण नहीं देखा। ये सब कुव्यसन केवल मनुष्य को कमजोरी और असमय मृत्यु के सिवा कुछ नहीं देते।"

(5) डॉक्टर अल्माट—"तम्बाकू से शरीर के भीतरी भाग बिगड़कर सूज जाते हैं। अतः निस्संदेह तम्बाकू एक जहर है।"

(6) डॉक्टर शाफ़—"जिस आदमी को 50 वर्ष जीना हो, वह धूम्रपान या तम्बाकू के कारण केवल 40 वर्ष तक जियेगा।"

जुआ और सट्टा

जुआ भी एक प्रकार का दुर्व्यसन ही है। जुए की लत पड़ जाने से आदमी अपने घर की चीज गिरवी रखने से भी नहीं हिचकिचाता। दुनिया में कितने सारे ऐसे लोग हैं जो जुए की लत के कारण दिवालिए हो गये। इसी जुए की लत से पाण्डवों को अपने राज्य से हाथ धोना पड़ा था।

जुए में धूर्त लोग सदा ही सीधे-सादे इंसानों को ठगा करते हैं। जुए के कारण लोग आपस में लड़ते हैं तथा घर-घर में पैसे को लेकर झगड़े होते हैं।

सट्टा भी एक प्रकार का जुआ ही है। एक रुपये से सौ रुपयें करने के लालच में लोग सट्टे का दाँव लगाते हैं। कोई-कोई सट्टे या लाटरी में जीत भी जाता है किन्तु अधिकतर लोगों को निराशा ही हाथ लगती है।

जब किसी व्यक्ति की जुए व सट्टे में हार हो जाती है तो वह स्वभाव से उखड़ा-उखड़ा, निराश एवं चिड़चिड़ा सा रहने लगता है। जब घर के लोग उससे पैसों के मामले में पूछते हैं तो वह उन पर गुस्सा करता है तथा अपनी पत्नी अथवा भोले-भाले बच्चों की पिटाई तक कर देता है। इस प्रकार जुए व सट्टा खेलने की लत मनुष्य को पतन की ओर ले जाने में सहायक बनती है।

आज बहुत से लोगों का तनावग्रस्त जीवन इसी लत के कारण हो गया है। ऐसे लोग अपने जीवन से प्रायः दुःखी रहते हैं। जुए व सट्टे की लत से उत्पन्न हुए तनाव की वजह से उनके मन को कहीं भी मानसिक संतुष्टि तथा शान्ति नहीं मिलती। यदि ऐसे लोग तनावमुक्त, शान्तिमय जिन्दगी जीना चाहते हैं तो उन्हें इस प्रकार के दुर्व्यसनों या गंदी आदतों को छोड़ना होगा तथा नये सिरे से अपनी जिन्दगी का शुभारंभ करना होगा।

कामुक प्रवृत्ति और व्यभिचार

कामुक प्रवृत्ति भी एक प्रकार की गंदी आदत या दुर्व्यसन है जो मनुष्य को व्यभिचारी बनाती है। अपनी अन्तरात्मा को भूल जाने से तथा देहभान के कारण मनुष्य के मन में यह काम-प्रवृत्ति जन्म लेती है। काम-वासना की तृप्ति न होने से आदमी को क्रोध आता है तथा वह आवेश व तनाव से आये दिन ग्रसित रहने लगता है। भोगवृत्ति से इस प्रकार आये तनाव से छुटकारा नहीं पाया जा सकता। केवल ब्रह्मचर्य की शक्ति या सत्यता, पवित्रता का बल ही कामवेग को समाप्त कर सकता है।

व्यभिचार एक प्रकार की अज्ञान तथा पाशविक प्रवृत्ति है। जब मनुष्य के मन की कामाग्निशान्त नहीं होती तो वह व्यभिचार या बलात्कार करता है। इससे

समाज में प्रदूषण और तनाव बढ़ता है तथा अपराधी पुरुष आगे चलकर स्वयं भी कुंठित, उपेक्षित एवं अशान्तिमय जीवन बिताने लगता है। सत्पुरुषों को चाहिए कि वे इस प्रकार की बुरी आदतों से बचे रहें तथा शान्तिमय, सरल जीवन जीकर तनावमुक्ति का अनुभव करें। अपने को अच्छा या बुरा बनाना आदमी के अपने हाथ में होता है। भगवान ने प्रत्येक मनुष्य के हाथ में कर्म की रेखा दी है। मनुष्य अपने सत्कर्मों से जितना चाहे, उतना अपने भाग्य की रेखा बढ़ा सकता है।

अण्डा और माँसाहार

श्रीमद्‌भगवतगीता में सात्त्विक, राजसिक तथा तामसिक प्रकार के भोजन का वर्णन है। अण्डा ओर माँस तमोगुणी आहार में शामिल किया जाता है। यह मनुष्य के विचारों की सात्त्विकता को समाप्त कर देता है अतः पूर्ण तनावमुक्त जीवन का लक्ष्य लेकर चलने वाले व्यक्ति को इससे यथासंभव बचने का प्रयत्न करना चाहिए। डॉक्टर डैग ने अपनी पुस्तक–यूरिक एसिड इज द फैक्टर इन दी कन्वेशन ऑफ डिसीज़ीज–में लिखा है कि माँस से हमारे शरीर में यूरिक एसिड बहुत बनता है। जिससे कई रोग पैदा होते हैं।"

डॉक्टर लुई कुहनी, डॉ. मेरी.एस.ब्राउन अपनी पुस्तक "रीजन्स फॉर ए वेजीटेरियन डाईट" में माँसाहार को अनुचित ठहराते हैं। डॉ. पीक., डॉ. हेनरी पुर्डो, डॉ. ल्यूकस शेम्परानियर तथा डॉ. शिमोर का कथन है कि माँस खाने से मुख्य रूप से जिगर, ऐसीडीटी, टाईफाईड, कैंसर, अपेंडिक्स, मुटापा, कब्ज, बबासीर तथा ब्लडप्रेशर जैसे रोग होते हैं। अठारह महीने के परीक्षण के पश्चात यह ज्ञात हुआ कि अण्डों में 30% डी.डी.टी. (विष) भरा हुआ था।

–(एग्रीकल्चर डिपार्टमेंट, फ्लोरिडा, अमेरिका हैल्थ बुलेटिन अक्टूबर 1967)

कार्ली फोर्निया के डॉक्टर केथेरिन कहते हैं कि अण्डों में कॉलेस्ट्रॉल की मात्रा इतनी अधिक होती है कि इनसे दिल की बीमारी, हाई ब्लड प्रेशर' गुर्दे की बीमारी, पित्त की थैली में पथरी जैसे रोग हो जाते हैं। कॉलेस्ट्रॉल चिकना अल्कोहल होता है। वह जिगर में जमा हो जाता है और रगों में जख्म, कड़ापन पैदा करता है। खून में पहुँचकर यह अन्य कई रोगों को जन्म देता है। डॉ. ई.बी. मिकेलम का मानना है कि अण्डों में कैल्शियम की कमी और कार्बोहाइड्रेट का अभाव होता है। इस कारण यह पदार्थ बड़ी आँतों में पहुँचकर सड़ाँध और बदबू पैदा करता है।

कुसंग से बचें

ऊपर जितने भी दुर्व्यसनों का वर्णन किया गया है उन सबका शौक मनुष्य

को कुसंग के कारण लगता है। प्रारंभ में हर बच्चा अबोध ही होता है। जब वह बड़ा होता है तो अनेक लोगों को बीड़ी-सिगरेट पीते हुए, शराब, गाँजा चिलम का उपयोग करते हुए देखता है।

बड़े होकर उसके स्कूल के सहपाठी मित्र उसे उन सब शौकों के बारे में बताते हैं। बच्चा जब अपने माता-पिता को पान खाते हुए देखता है कि उनसे पान माँगता है। पान का शौक भी एक प्रकार का दुर्व्यसन है जो दाँतों को खराब कर देता है।

छोटे बच्चे अपने घर-परिवार तथा आस पड़ोस के माहौल से ही यह सब सीखते हैं। कुसंग के कारण बच्चों में फिल्में देखने का शौक पड़ जाता है, लोग जुआ सट्टा खेलने लगते हैं। इस प्रकार कुसंग मनुष्य के जीवन के पतन तथा चरित्र के विनाश में काफी सहायक होता है।

कुसंग एक ऐसा विष है जो मानव के जीवन को काफी सीमा तक प्रभावित करता है। कुसंग के कारण आदमी बिगड़ जाता है, तनाव से ग्रसित हो जाता है जिस कारण वह अपना और दूसरों का भी अहित करने लगता है।

कुसंग का मतलब है बुरे लोगों की संगति। जिन लोगों के विचार बुरे होते हैं, वे ही बुरे कहलाते हैं।

विचारों से मनुष्य अच्छा या बुरा बनता है। अच्छे विचार रखने वाला व्यक्ति सदैव अच्छे कर्म ही करता है परन्तु जिन लोगों के विचार अच्छे नहीं होते या जो बुरा सोचते हैं वे भ्रष्टाचार तथा व्यर्थ (बुरे) प्रकार के कार्यों में व्यस्त रहते हैं।

तनाव की समस्या कुसंग से शुरू होती है। जो लोग हमें हमारे जीवन की दिशा या उद्देश्य-पथ से भटकाते हैं, हमें उनके साथ दोस्ती नहीं करनी चाहिए। हम दोस्ती केवल उन्हीं लोगों से करें जिनके विचार अच्छे हों अथवा जो सदैव अच्छी दिशा में सोचते हों।

कभी-कभी अविवेक के कारण मनुष्य सत्यासत्य की पहचान नहीं कर पाता। वह कुसंग और सत्संग में भी भेद करना भूल जाता है जिससे उसका जीवन बुराई के रास्ते पर चल पड़ता है। ऐसे मनुष्य को पतन के गड्ढे में जाने से कोई नहीं रोक सकता। जो लोग जान-बूझकर अपने पैरों पर कुल्हाड़ी मारते हैं उनको केवल भगवान ही बचा सकता है। जब हमें इतना पता पड़ जाये कि हम कुसंग में फँस गये हैं तथा जो हमारे जीवन के लिए हानिकारक है तो हमें तुरंत ही उसे छोड़ देना चाहिए। बुरे लोगों का साथ त्यागकर अच्छे लोगों का संग करना चाहिए।

आज की दुनिया में लोगों का प्रेम अधिकतर स्वार्थ के कारण होता है। ऐसे बहुत कम लोग होते हैं जो किसी से निःस्वार्थ रूप से या किसी चीज की इच्छा किये

बिना प्रेम करते हैं। जहाँ तक मित्रों अथवा यार-दोस्तों का सवाल है, ऐसे मित्र बहुत कम मिलते हैं जो सही सलाह दें। आजकल लोगों को बिगाड़ने के लिए उल्टी सलाह ज्यादा दी जाती है। ऐसे मित्र बहुत होते हैं जो व्यक्ति से नहीं बल्कि उसके रुपये-पैसे से प्रेम करते हैं तथा मुसीबत में अपने दोस्त को अकेला छोड़कर भाग जाते हैं।

दुर्व्यसन तथा कुसंग तनाव को केवल पैदा करने वाले ही नहीं, बल्कि वे उसका पोषण और वर्धन करने वाले भी हैं। जो व्यक्ति दुर्व्यसन तथा कुसंग का गुलाम हो जाता है उसे तनावयुक्त होने से कोई नही रोक सकता। कभी-कभी अत्यधिक तनाव से ऐसे लोग अपनी आत्महत्या भी कर लेते हैं। गृह-क्लेश तथा अनेक प्रकार की दुर्घटनाओं के कारणों में एक यह भी है। जब मनुष्य बुरे व्यसन तथा कुसंग को त्याग सत्संग में रुचि ले तभी उसके जीवन का सवेरा हो सकता है।

15. तनाव दूर करने के उपाय

तनाव चाहे किसी प्रकार का क्यों न हो, किसी कारण से उत्पन्न क्यों न हुआ हो, परन्तु वह मनुष्य के लिए हर प्रकार से हानि ही पहुँचाता है। इस तनाव को कुछ उपायों द्वारा कम अथवा नष्ट किया जा सकता है। मानव की सामर्थ्य और हिम्मत के लिए कहा गया है कि यदि वह चाहे तो सब कुछ कर सकता है। मनुष्य चाहे तो अपनी परेशानियाँ बढ़ा सकता है और चाहे तो उन्हें कम कर सकता है। मानसिक तनाव को दूर करने के यों तो अनेक उपाय हैं परन्तु अपने अनुभवों के आधार से हमने उन उपायों में से लगभग सैंतीस को चुना है। आइए, एक-एक करके हम इन उपायों को जानने की कोशिश करते हैं:—

(1) हल्का-फुल्का व्यायाम करें

शारीरिक तथा मानसिक तनाव दूर करने का वह सबसे पहला उपाय है। इसे तनाव मिटाने का स्थूल अथवा भौतिक साधन कह सकते हैं। यदि हम चाहते हैं कि हम तनाव के बोझ से दूर रहें तो हमें हल्के-फुल्के व्यायाम तथा योगासनों को महत्त्व देना होगा।

जितना हो सके, हम सवेरे जल्दी उठें और ताजी हवा या आनंद लें कुछ समय सड़क पर टहलने भी आ सकते हैं। इससे हमें स्वास्थ्य-लाभ होगा। सूर्योदय से पूर्व टहलना, व्यायाम तथा योग-आसन आदि शरीरिक क्रियाएँ करना एवं अन्य क्रियाएँ हमें जल्दी ही निपटा लेनी चाहिए। सुबह के समय हम स्वच्छ शीतल जल का सेवन करना न भूलें। पानी से पेट की अनेक तकलीफें दूर होती हैं। जब पेट साफ रहता है तो शरीर में कोई तनाव नहीं रहता। फलस्वरूप मस्तिष्क भी तनाव से मुक्त रहता है। भोजन और विश्राम के साथ असावधानी बरतने के कारण पेट की कब्ज, एसीडीटी, भूख न लगना आदि कई प्रकार की बीमारियाँ जन्म लेती हैं जिनसे हमारे मन और जीवन में तनााव की वृद्धि होती है। जब तक हम पूरी तरह से स्वस्थ नहीं हो जाते तब तक हम पूर्णतः तनावमुक्त नहीं हो सकते। स्वस्थ शरीर एवं तनावमुक्त जीवन के लिए विभिन्न प्रकार के योग-आसन बड़े लाभकारी सिद्ध होते हैं। हल्के-फुल्के व्यायाम में हम इनको भी सम्मिलित कर सकते हैं।

बैठकर किये जाने वाले आसनों में पहला आसन पद्मासन है। इसमें दाहिने

पैर (या बायें पैर को, जैसी सुविधा हो) की बायीं जंघा मूल में और बायें पैर (या दायें पैर को) दायीं जंघामूल में ऐसे टिकाते हैं कि नाभि के नीचे पेडू के मध्य में दोनों एडियाँ आकर जुड़ जायें और दोनों पाँव जाँघों पर स्थित हो जायें। अब मेरुदण्ड व गर्दन को सीधा करना चाहिए। ध्यान रहे कि यह आसन करते वक्त कमर में किसी प्रकार का झुकाव न हो।

दूसरा आसन वज्रपद्मासन है। इसमें सर्वप्रथम पद्मासन में ही बैठा जाता है। इसके बाद दोनों ओर से पांवों को ऊपर की ओर लें ताकि पाव के पंजे दोनों ओर बाहर को निकल जायें। इसके पश्चात दोनों हाथों को पीठ की ओर से ले जाकर दायें हाथ से दायें पैर का अंगूठा और बायें हाथ से बायें पैर का अंगूठा दृढ़ता से पकड़ लें। नासिका के अग्रभाग पर दृष्टि रखें।

सिंहासन में बायें पैर की एड़ी से गुदा और अंडकोश के बीच सिवनी नाड़ी (पेरीनियम प्रजनक अंग) और गुदा द्वार के मध्य के भाग को दबाया जाता है। फिर पाँव का तलवा दाईं जाँघ के साथ लगाया जाता है। रीढ़ की हड्डी व गर्दन सीधी होनी चाहिए।

त्रिकोणासन खड़े होकर किया जाता है। इसी प्रकार आप अर्द्धचन्द्रासन भी खड़े होकर कर सकते हैं। ताड़ासन लेटकर किया जाता है। शरीर की थकावट दूर करने के लिए तथा अच्छी नींद की प्राप्ति के लिए हमें शिथिलासन करना चाहिए। इसमें सर्वप्रथम पेट के बल लेटा जाता है तथा दायाँ कान जमीन पर बायाँ बाजू और टाँग मुड़ी हुई होती है। दायें बाजू व दायीं टाँग को सीधी करके पूरा पेट व छाती जमीन पर रखी जाती है और शरीर को बिल्कुल ढीला छोड़ा जाता है। इस आसन को करते समय शरीर के किसी अंग में तनाव नहीं होना चाहिए तथा ध्यान श्वास क्रिया पर ही रहे।

आसन स्वास्थ्य तथा तनावमुक्त जीवन के लिए काफी उपयोगी होते हैं।

योगासनों के संबंध में पाठकों को योग आसन एवं साधना जैसी पुस्तकों का अध्ययन करना चाहिए। इसके अलावा किसी अनुभवी योगसन के शिक्षक से योगासनों के संबंध में महत्त्वपूर्ण जानकारी तथा अनुभव प्राप्त किया जा सकता है। हमें योगसंस्थान के क्रिया-कलापों से भी लाभ उठाना चाहिए। तनावमुक्त जीवन जीने के लिए अपने स्वास्थ्य की ओर हमें पूरा-पूरा ध्यान देना आवश्यक है। शरीर हमारी आत्मा का एक वस्त्र या साधन है। इसे स्थूल यंत्र भी कह सकते हैं। जब तक शरीर ठीक रहता है तब तक ही हम तनावमुक्त हो सकते हैं। कर्म या साधना भी इसी शरीर के द्वारा की जाती है अतः धर्म, कर्म और जीवन की प्रसन्नता के लिए शारीरिक व्यायाम करना अनिवार्य है।

व्यायाम, जरूरी नहीं कि पहलवानों की भाँति भारी हो—तनावमुक्त रहने के लिए तो सदा हल्का-फुल्का व्यायाम ही अपेक्षित है। यह बात तो सत्य है कि सदैव स्वस्थ रहने वाला व्यक्ति कभी भी तनाव से ग्रस्त नहीं हो सकता। पूर्ण तनावमुक्त बनने के लिए तन-मन से पूरी तरह संतुष्ट रहना बहुत जरूरी है। हल्के आसन व्यायामों से हम काफी सीमा तक स्वयं को तनाव के बोझ से बचा सकते हैं।

(2) मुस्कराना सीखें

बाहनों के पीछे "मुस्कराते रहो" जैसे स्लोगन बड़े अच्छे लिखे रहते हैं। मुस्कराहट व्यक्ति का तनाव कम कर देती है। जो व्यक्ति खुले दिल से मुस्कराना सीख लेता है वह सदैव के लिए तनाव के बोझ से मुक्त हो जाता है।

मुस्कान सभी को बहुत अच्छी लगती है। जब हम किसी को मुस्कराता हुआ देख लेते हैं तो हमारा मन अति प्रसन्न हो जाता है। किसी ने ठीक ही कहा है कि जिन्दा व्यक्ति हँसता मुस्कराता हुआ जीवन व्यतीत करता है तथा जो सदैव हताश, निराश, उदास या दुःखी रहता है वह मुर्दे के समान है।

मुस्कराने में व्यक्ति का एक भी पैसा खर्च नहीं होता फिर भी ताज्जुब है कि लोग नहीं मुस्कराते। जिन लोगों का दिल साफ होता है उनके होंठों पर सदैव मुस्कराहट खेलती रहती है। छोटे बच्चे कोमल और पावन प्रवृति के होते हैं इसलिए सदा हँसते-मुस्कराते रहते हैं। हमारा स्वभाव भी नन्हे बच्चों की तरह होना चाहिए। ज्ञानी होकर भी जो बच्चों की सी कोमल प्रकृति का है वही सबसे बड़ा महापुरुष है। जिस प्रकार व्यक्ति का अभिमान उसका पतन करता है उसी प्रकार उसका कठोर स्वभाव भी उनके जीवन को कठिन, सभय एवं तनावयुक्त बनाता है।

कुछ लोग इतने नाजुक होते हैं कि ज़रा सा दुःख या मुसीबत पड़ने पर रोने लगते है। इतना कमजोर भी हमको नहीं बनना चाहिए। हमें चाहिए कि हम साहसी होकर परिस्थितियों का मुकाबला करें तथा जिन्दगी के प्रत्येक मोड़ पर बस मुस्कराते रहें।

(3) मित्र बनाना सीखें

इस संसार में सभी व्यक्ति एक से नहीं होते। कुछ एकान्त पसंद होते हैं और कुछ मिलनसार तथा व्यवहारकुशल होते हैं। कई लोगों को अकेले-अकेले रहना अच्छा लगता है। ऐसे लोग प्रायः तनाव से ग्रसित देखने में आते हैं।

जो लोग मिलनसार होते हैं वे जल्दी ही दूसरों को अपना मित्र बना लेते हैं

तथा अपने मन की बात उन्हें बताकर दिल हल्का करते हैं। मित्रता करना अच्छी बात होती है। परस्पर सहयोग तथा एक-दूसरे के दुख-दर्द में मदद करने से तनाव की समस्या हमेशा के लिए समाप्त हो जाती है।

मित्र भी हम देखकर बनायें। हमें केवल उन्हीं लोगों से मित्रता करनी चाहिए जो हमसे सहानुभूति रखते हों तथा हमारे दिल की बात समझने की कोशिश करते हों। अच्छे लोगों से मित्रता करने से लाभ ही होता है। बुरे विचार या बुरी प्रकृति के लोग तो मित्रता के नाम पर हमें ठगते हैं। वे हमें बचाने के बजाय हमारे जीवन को बेकार की बातों में या गलत आदतों में उलझा देते हैं।

दान देना बुरा नहीं होता परन्तु दान सुपात्र को ही देना चाहिए। इसी प्रकार मित्र बनाना बुरी बात नहीं है परन्तु मित्रता हमेशा अच्छे लोगों से ही करनी चाहिए। हम जिसको भी अपना मित्र बनायें, सच्चे दिल से उसे अपने मन की बात बतायें तथा उसके मन की बात भी सुनें। इस प्रकार हम एक दूसरे के सुख-दुःख के साथी बनकर या एक दूसरे को दिल का हाल बताकर अपने मन और जीवन का बोझ हल्का कर सकते हैं।

सच बात तो यह है कि अच्छे दोस्त बहुत कम मिलते हैं। फिर भी अपनी ईमान्दारी, सत्यता, मधुर व्यवहार तथा मिलनसारी के गुण से किसी का भी दिल जीता जा सकता है तथा किसी को भी अपना मित्र बनाकर तनावमुक्त जीवन जिया जा सकता है।

तनाव मन का विषय है और मन के बोझ को हम किसी मनपंसद व्यक्ति से कहकर ही हल्का कर सकते हैं। मित्र बनकर अगर हम एक दूसरे के कार्य में मदद करें तथा एक दूसरे को अनेक प्रकार के विघ्न एवं समस्याओं से बचाने का प्रयास करें तो तनाव की बला से काफी सीमा तक दूर हो सकते हैं।

(4) मिलनसार तथा व्यवहार कुशल बनें

कोई भी चीज, यदि संतुलित मात्रा में हो तो ही अच्छी लगती है। जब कभी हम एकांतपसंद अधिक बन जाते हैं और ज्यादा गंभीर व अंतर्मुखी हो जाते हैं तो हमारे मुख की रौनक तथा मुस्कान गायब हो जाती है। व्यक्ति को एकांतपसन्द के साथ-साथ मिलनसार भी होना चाहिए।

मिलनसारी एक ऐसा गुण है जो हमें व्यवहार कुशल तथा सबका प्रिय बना देता है। तनावमुक्त जीवन के लिए यह एक आवश्यक गुण है। जो व्यक्ति अधिक व्यवहारकुशल होता है, वह अपने जीवन की समस्याओं को आसानी से हल कर लेता है तथा सभी प्रकार के तनाव के बोझ से बचा रहता है।

हमें चाहिए कि हम जब भी एक दूसरे से मिलें तो आपस में नमस्ते-या अभिवादन के शब्द कहें। अगर घर में कोई अतिथि आये तो उसका आदर-सत्कार करें। उसे प्रेम से सोफे या कुर्सी पर बिठायें तथा चाय-नाश्ता, शर्बत अथवा ठण्डा जल, जो कुछ भी आवश्यक हो, स्वागत के रूप में मुस्कान के साथ भेंट करें।

बच्चों को चाहिए कि वे अपने बड़ों से हमेशा आप कहकर बोलें या जी बोलें जैसे पिताजी, माताजी, चाचाजी, भाईजी, बहिनजी, इत्यादि। बड़ों के साथ हमेशा नम्रता से पेश आना चाहिए। बड़े भी अपने से छोटों से तुम कहकर बोलें। व्यावहारिकता की ये सब बातें हमें अपने से बड़ों एवं अनुभवी व्यक्तियों से सीखनी चाहिए। इन सब बातों से हम अपने आसपास के वायुमण्डल को तनावमुक्त (Stress' Free) बना सकते हैं।

(5) दूसरों की बात का बुरा न मानें

"बुरा न मानो, होली है"—ऐसा केवल होली-त्यौहार के अवसर पर ही कहा जाता है। वर्ष के शेष समय तो हम दूसरों की बात का बुरा मानते रहते हैं। जो व्यक्ति दूसरों की बात का जल्दी बुरा मान जाता है, उसे कई तरह की फीलिंग आती है। वह अन्य मनुष्य के लिए बुरा सोचता है तथा हमेशा तनाव-ग्रसित रहता है।

दुनिया में सभी तरह के इंसान होते हैं। कोई हमारी प्रशंसा करता है तो कोई निंदा करता है। इस आशय से कोई अच्छा कहता है तो कोई बुरा। दूसरों की कही हुई बात का हमें बुरा न मानना चाहिए। ऐसी व्यर्थ बातों को हम एक कान से सुनकर दूसरे कान से निकाल दें तभी अच्छा है, वर्ना बुरी बात सुनकर व्यर्थ के सोच विचार तथा चिंता में सारा समय चला जाता है और हाथ कुछ नहीं आता। महात्मा गांधीजी ने कहा है कि हम सदैव अच्छा देखें, अच्छा सुनें तथा अच्छा ही बोलें (बुरा न देखें, बुरा न बोलें, बुरा न सुनें के संदर्भ में)।

मनुष्य को सदैव श्रेष्ठ ईश्वरीय ज्ञान की बातें सुननी चाहिए। अपने जीवन की उन्नति की बातों—अथवा शिष्टाचार की बातों में रुचि लेना अच्छा है। बेकार की बातों से तो समय नष्ट होता है और मस्तिष्क पर तनाव का बोझ बढ़ता है। बुरी बातों की जगह उत्साहवर्धक बातों को सुनकर अपने आपको हल्का बनाने की कोशिश करनी चाहिए।

यदि कोई हमारे लिए बुरा शब्द कहता है तो हमें समझना चाहिए कि वह हमारा कुछ नहीं बिगाड़ रहा बल्कि अपना ही अहित कर रहा है। बुरे वचन बोलकर लोग अपना ही मन खराब करते हैं। इस प्रकार के व्यवहार से उनका जीवन

तनावयुक्त बनता है तथा दूसरों की नजर में वे बुरे बन जाते हैं। जो हमेशा अच्छा बोलता है और किसी की बात का बुरा नहीं मानता, उसी की लोग प्रशंसा किया करते हैं। तनावमुक्त जीवन जीने के लिए हमें अपनी निंदा और स्तुति के क्षणों में हमेशा समान रहना चाहिए।

(6) साक्षी, समदृष्टा तथा स्थितप्रज्ञ बनें

इस उपशीर्षक के तीनों शब्द-आध्यात्मिक विषय के तीन उपाय हैं जिन्हें साधक पुरुष अपनी साधना की सफलता के लिए अपनाते हैं। साधारण जन इन्हें अपनाकर मानसिक तनाव से मुक्ति प्राप्त कर सकते हैं।

संसार में अच्छे और बुरे सभी तरह के काम होते रहते हैं। कभी-कभी बुरे काम देखकर हम परेशान हो उठते हैं किन्तु साक्षी भाव में स्थित रहकर हमें तो बस अपना कर्म करना चाहिए। किसी की बातों के चक्कर में पड़ने के बजाय हम स्वयं को सभी चक्करों से मुक्त रखें तभी हम अपने मन के तनाव पर विजय प्राप्त कर सकते हैं।

दूसरी बात है समदृष्टा भाव की। तनावमुक्ति के लिए हम किसी भी प्रकार का भेदभाव अपने मन में न रखें परन्तु सबके प्रति सदैव समान भाव और शुभ भावना रखकर चलें।

जो निंदा-स्तुति, हानि-लाभ, जय-पराजय, जीवन-मरण, यश-अपयश में सदा समान रहता है वह स्थितप्रज्ञ कहलाता है। स्थितप्रज्ञ मनुष्य किसी परिस्थिति में विचलित नहीं होता। वह अपने स्वमान या आत्म गौरव में एवं आत्मस्थिति में रहकर व्यर्थ के तनाव से मुक्त रहता है।

(7) जीवन को एक खेल या नाटक समझें

मनुष्य के लिए जीवन को पूरी तरह परिभाषित कर पाना अत्यंत कठिन है। अनेक लोग जीवन को सुखमय मानते हैं जबकि कुछ लोगों का कहना है कि जिस प्रकार यह मानव-संसार दुःखमय है उसी प्रकार मानव का जीवन भी दुःखप्रद है। जितने मुँह उतनी बातें हैं। साधु-संन्यासियों ने इस संसार को पानी का बुदबुदा या स्वप्न कहा है जबकि कई लोग जीवन को यथार्थ मानते हैं।

मनुष्य जीवन जीते हुए कभी-कभी हम परिस्थितियों से इतनी बुरी तरह घिर जाते हैं कि बचना मुश्किल हो जाता है। तब हमारा जीवन तनावग्रस्त रहने लगता है। कई लोग जीवन को बोझ की तरह जीते हैं और अत्यधिक तनाव की स्थिति में अपनी आत्महत्या तक कर लेते हैं। आत्महत्या करना कायरता है।

आत्महत्या करने से अच्छा है कि मनुष्य परिस्थितियों का हँसते-हँसते मुकाबला करे तथा अपने जीवन को एक खेल समझे। तभी वह सही मायने में तनावमुक्त रह सकता है। जय और पराजय, हानि और लाभ तथा जीवन और मरण ये सब इसी खेल के हिस्से हैं।

वास्तव में देखा जाये तो यह संसार एक नाटक है। परन्तु पूरी तरह न समझ पाने के कारण हम इस दुनिया को न जाने क्या मान लेते हैं। इस संसार-नाटक में कर्म करने वाला अथवा पार्ट करने वाला प्रत्येक मनुष्य एक अभिनेता है।

इस दशा में पृथ्वी को एक रंगमंच समझना चाहिए जिसपर मनुष्यों एवं पशु पक्षियों का खेल होता है। सूरज और चाँद क्रमशः दिन तथा रात्रि में इस विशाल धरा-रंगमंच पर रौशनी बिखेरने वाली दो बत्तियाँ या बल्ब हैं और प्रकृति के समस्त दृश्य, पेड़-पौधे एवं अन्य सभी सामान रंगमंच पर स्थित सजावट या डेकोरेशन (Decoration) है। इस संसार में आकर हम जो काम करते हैं वह खेल ही तो है। यह खेल एक निश्चित अवधि के पश्चात हूबहू उसी प्रकार पुनरावृत्त होता है जिस तरह तीन घण्टे कीं अवधि वाली फिल्म की रील। वही स्थान, वही दृश्य, वही व्यक्ति, वही पेड़-पौधे, वस्तुएँ तथा जीव-जन्तु दर्शकों को तीन घण्टे पूर्व की तरह दिखाये जाते है। इस विश्व नाटक में समस्त नेता, अभिनेता अथवा पात्र पूर्व की भाँति अपना अभिनय दोहराते हैं। अतः यदि दुःख, मुसीबत या तनाव देने वाली कोई बात होती है तो यह सोचकर अपने मन को समझा लेना चाहिए कि नया कुछ नहीं हो रहा है। सारा संसार-नाटक पहले ही निर्धारित किया हुआ है। यह दुःख भी संसार नाटक के नियमानुसार हमें झेलना है। इस प्रकार के चिंतन से आप काफी हद तक तनाव से मुक्त हो सकते हैं।

(8) संसार को अपना कुटुम्ब मानें

हमारे मन में तनाव तब उत्पन्न होता है जब हम किसी को पराया या विरोधी मान लेते हैं। यदि हम सारे संसार को अपना घर या कुटुम्ब मानकर चलें और सबको इस कुटुम्ब का सदस्य मानें तो हर हाल में प्रसन्न और तनावमुक्त रह सकते हैं।

आज यद्यपि हम अनेक धर्म, जाति, सम्प्रदायों में बँटे हुए हैं फिर भी हम सबका ईश्वर, हम सबकी धरती माता एक है। जिस प्रकार भगवान को विभाजित नहीं किया जा सकता उसी प्रकार पृथ्वी को अलग-अलग समझना अज्ञानता है। कोई चाहे किसी भी धर्म या जाति का क्यों न हो, हमें उसे समान रूप से सम्मान देना चाहिए। धर्म-जाति के आधार पर भेदभाव बरतना अज्ञानता है। हम सभी एक

ही परमेश्वर के पुत्र हैं। जब हम अपने धर्म या जाति को तथा स्वयं को दूसरों से अलग समझ लेते हैं तो मन में तनाव बढ़ता है क्योंकि तब अपने आपको सुरक्षित रखने की भावना बल पकड़ लेती है।

उपरोक्त बातों को छोड़कर हमें अच्छाई की तरफ कदम बढ़ाना चाहिए तथा "जिओ और जीने दो" के सिद्धान्त का पालन कर दूसरों की सेवा में तत्पर रहना चाहिए। हमेशा परोपकार के कार्य में व्यस्त रहने से हम अपने मन के तनाव को सहज दूर कर सकते हैं।

(9) ईश्वर से प्रीति रखें

ईश्वर मन की सच्ची शान्ति का दाता है अतः तनाव दूर करने में ईश्वर के महत्त्व को बिसराया नहीं जा सकता है। जो लोग सच्चे दिल से ईश्वर से प्रेम करने वाले हैं तथा उसे याद करते हैं वे सदा ही तनावमुक्त होकर जीवन बिताते हैं। तनाव व्यर्थ बातों के फलस्वरूप उत्पन्न होता है। जब मनुष्य का मन खाली हो जाता है तो वह शैतानों की सी हरकतें करता है तथा हरदम तनाव से ग्रसित रहता है।

शान्ति व तनावमुक्त जीवन के लिए हमें सुबह या शाम ईश्वर को अवश्य याद करना चाहिए। योग साधना से मनुष्य के मन को अथाह शान्ति मिलती है और मन का तनाव दूर होता है अतः मनुष्य को चाहिए कि वह विशिष्ट भोगी या राजयोगी जनों से सम्पर्क करे। राजयोग के सेवा-केन्द्रों पर जाकर वह योग-साधना की विधि सीख सकता है तथा उसे घर पर या कर्मक्षेत्र पर अपना सकता है।

राजयोग एक प्रकार का मानसिक योग है। इसमें परमात्मा के ज्योतिस्वरूप और उनके महान गुणों में अपने मन को लगाना होता है। राजयोग के अभ्यास से मनुष्य के मन को बहुत शान्ति तथा शक्ति की अनुभूति होती है तथा उसके जीवन का तनाव दूर होता है।

जो लोग सचमुच भगवान से प्रीति करते हैं, भगवान सखा बनकर उनकी मदद के लिए हर समय तैयार रहते हैं।

खुदा दोस्त की एक कहानी है। दो मित्र थे। एक ही क्लास में पढ़ते थे। उनके घर के रास्ते में अर्थात गाँव और स्कूल के बीच एक नदी पड़ती थी। वह नदी प्रायः सूखी ही रहती थी अतः नदी पार करने में उनको कोई दिक्कत नहीं होती थी। एक बार की बात है कि गाँव तथा गाँव के आसपास खूब मूसलाधार बरसात हुई और बरसात का बहुत सारा पानी नदी में भर गया। उस समय दोनों लड़के अपने घर की ओर लौट रहे थे किन्तु सामने पानी से भरी हुई नदी थी। दोनों में एक

लड़का तैरना जानता था किन्तु वह ईश्वरप्रेमी नहीं था जब कि दूसरा ईश्वरप्रेमी था परन्तु तैरना नहीं जानता था।

चूँकि घर जाना था इसलिए दोनों नदी के पानी में उतर पड़े। ईश्वरप्रेमी बालक की मदद ईश्वर ने इस प्रकार की कि सूखी लकड़ी का कोई टुकड़ा पानी में बहता हुआ आ गया और वह उस पर बैठकर पार चला गया जबकि दूसरा लड़का, जो ईश्वर को याद तक न करता था पानी के तेज़ बहाव के साथ तैरते-तैरते डूब गया।

आपने मोहन मित्र की कहानी तो सुनी ही होगी। एक लड़का कृष्ण को अपना सखा समझता था। एक दिन उसके स्कूल के मास्टर ने सबसे दूध मँगवाया। लड़का बहुत गरीब था। किन्तु मदद माँगने पर मोहन (श्री कृष्ण) ने आकर दूध का सारा पात्र भर दिया और सबने मिलकर खीर खाई।

यह लेखक दावे के साथ कहता है कि जो व्यक्ति भगवान से प्रेम करता है भगवान उसकी मदद जरूर करता है। शर्त यह है कि ईश्वर के प्रति विश्वास कभी भी टूटना नहीं चाहिए। जो लोग ईश्वर से प्रेम करते हैं उनके मन का तनाव तो क्या, रोग, शोक, दुःख, दर्द आदि सब दूर हो जाते हैं। ऐसे ईश्वरप्रेमी सबके प्रिय बन जाते हैं। अपने सद्गुण तथा श्रेष्ठ कर्मों के कारण वे सबका दिल जीत लेते हैं।

(10) अपने जीवन का महत्त्व जानें

कई लोग इसीलिए व्यर्थ के तनाव, चिंता और झंझटों में अपना जीवन खराब कर लेते हैं क्योंकि उन्हें अपने जीवन की कीमत का ज्ञान नहीं होता। मानव के जीवन को अन्य प्राणियों में सबसे अमूल्य कहा जाता है क्योंकि केवल इसी जीवन में वह सत्कर्मों के द्वारा महानता की ऊँचाई प्राप्त कर सकता है। जिन कर्मों में परोपकार निहित होता है, वे 'महान कर्म' कहे जाते हैं। अन्य जीव-जन्तुओं में कभी महान कर्म करने का ख्याल नहीं आता। बेशक बैल किसान का हल जोतता है, भैंस दूध देती है लेकिन यह सोचकर नहीं कि वह किसान को लाभ पहुँचा रहे हैं। लाभ-हानि का ज्ञान सिर्फ मनुष्य में होता है क्योंकि वह विवेकशील होता है।

मनुष्य जीवन में हम बुरे से बुरा और अच्छे से अच्छा कर्म भी कर सकते हैं। बुरे कर्मों से मनुष्य निंदनीय बन जाता है और अच्छे कर्मों से वह समाज को लाभ पहुँचाता है तथा सभी की प्रशंसा का पात्र बन जाता है। तनावमुक्त जीवन के लिए अच्छे और शुभ कर्म करना ही अपेक्षित है। बुरे कर्मों से मनुष्य के दिमाग पर तनाव का बोझ बढ़ता है। यदि अपने जीवन में हम किसी को कोई लाभ पहुँचा

सकते हैं या किसी की मदद कर सकते हैं तो इससे बढ़कर अच्छी बात और क्या हो सकती है। परोपकार से मनुष्य को लोगों की दुआएँ मिलती हैं जो उसके मन का तनाव मिटाती हैं।

जीवन के महत्त्व को न समझ बेकार की गंदी आदतों से जीवन को बिगाड़ लेना अज्ञानता है। मनुष्य के लिए इससे बढ़कर मूर्खता की बात और कोई नहीं है।

(11) व्यर्थ चितंन तथा परदर्शन से दूर रहें

जिस प्रकार चिंता मनुष्य के लिए खतरनाक होती है उसी प्रकार व्यर्थ चिंतन भी खतरनाक होता है। जब हम कोई अशुभ बात सोचने लगते हैं तो वह व्यर्थ चिंतन कहा जाता हैं। जो मनुष्य के जीवन के लिए खतरनाक होता है। इसी प्रकार जब हम परदर्शन अर्थात दूसरों के अंदर छिपी बुराइयाँ देखने लगते हैं और बुराई ही वर्णन करते है तो हम तनाव से ग्रसित हो जाते हैं।

बुराई किस व्यक्ति के अंदर नहीं होती? फिर भी अपने आपको अच्छा समझकर दूसरों के बुरा मानने से बुराइयाँ कम नहीं होतीं बल्कि बढती ही हैं। जब हम किसी अच्छाई या बुराई को अनुभव कर लेते हैं तो वह हमारी अपनी चीज हो जाती है इसलिए दूसरों में दोष देखना बेकार है। यदि हम देखें तो दूसरों की सिर्फ अच्छाइयाँ ही देखें तथा अच्छाइयाँ ही वर्णन करें। बुरे ख्यालातों से या बुरी बातों से मस्तिष्क में तनाव का बोझ बढ़ता है।

तनाव भगाने के उपायों में यह सशक्त उपाय है जिसका थोड़ा सा वर्णन हम ऊपर कर चुके हैं। जिस प्रकार खुशबू से बगीचे का वातावरण महकता है उसी प्रकार मनुष्यात्माओं के अंदर छिपी विशेषताएँ संसार को सुन्दर और सुखमय बना देती हैं अतःहम सबके अंदर केवल अच्छाइयाँ ही खोजें। अच्छाई देखकर ही अच्छाई धारण की जा सकती है।

(12) दूसरों की उन्नति से ईर्ष्या न करें

ईर्ष्या को एक स्थान पर हमने सौतिया डाह कहा है। ईर्ष्या एक प्रकार का द्वेष तथा बैर भाव है। जब मनुष्य किसी की उन्नति देखकर जलता है तो उसे ईर्ष्या कहा जाता है। अधिकांश दुख के कारणों मे ईर्ष्या एक प्रमुख कारण है। ईर्ष्या में मनुष्य का तन, मन और उसकी अन्तरात्मा जलती है। ईर्ष्या से लाभ किसी को नहीं होता, उल्टा तनाव का बोझा बढ़ता है। ईर्ष्या में मनुष्य खुद तो जलता ही है, दूसरों को भी कष्ट या विघ्न पहुँचाता है।

ईर्ष्या भाव से बचने के लिए और सदैव तनावमुक्त रहने के लिए हम

सदैव यही सोचें कि सब अपनी-अपनी मेहनत का खाते हैं अतः हम मेहनत करेंगे तो हमें भी लाभ मिलेगा। ईर्ष्या के संबंध में एक ऐसी कथा भी है। एक राजा के सात राजकुमारियाँ थीं। राजा रोज उनसे पूछता था कि बेटी तुम किसके भाग्य का खाती हो? तो छोटी राजकुमारी को छोड़ शेष कहती थीं कि पिताजी हम तो आपके भाग्य का खाते हैं। छोटी राजकुमारी का कहना या कि मैं अपने भाग्य का खाती हूँ।

जब राजकुमारियाँ बड़ी हुईं तो राजा ने छहों राजकुमारियों की शादी अच्छे-अच्छे राजकुमारों से कर दी। शेष रही छोटी राजकुमारी। राजा उससे द्वेष रखता था क्योंकि वह कहती थी कि वह अपने भाग्य का खाती है। राजा ने सबसे छोटी पुत्री की शादी के लिए उसके भाग्य का एक तीर छोड़ा और वह एक पेड़ के घोंसले में धंस गया। वहाँ एक मेंढक रहता था। असल में मैंढ़क जादू का परीजादा था। राजा ने ईर्ष्यावश पुत्री का ब्याह उसके साथ कर दिया। राजा सोचता था कि मेंढक के साथ रहकर राजकुमारी दुखी होगी। एक दिन राजा ने परीक्षा हेतू कुछ ऊन सभी राजकुमारियों को भिजवाईं और कहा कि जो सबसे पहले इस ऊन को बुनकर देगी उसी का भाग्य सबसे बड़ा कहा जाएगा। यह बात मेंढ़क के भी कानों में पड़ी। : जब राजकुमारी सो गई तो उसने मैंढक का चोला त्याग मानव का धारण किया और झटपट सारी ऊन का बहुत बढ़िया और सुन्दर स्वेटर राजा के लिए बना दिया।

राजा के पास सबसे पहली भेंट उसकी छोटी पुत्री की आई। सभी को आश्चर्य हुआ कि राजकुमारी ने यह चमत्कार कैसे किया। इतना शीघ्र तो कोई यंत्र भी स्वेटर नहीं बुन सकता था। स्वयं राजकुमारी भी चकित थी। जब उससे पूछा गया तो वह कुछ न कह पाई।

अगली रात राजकुमारी ने सारा रहस्य जानने की कोशिश की। आधी रात के समय जब सुन्दर परीजादा मेंढ़क की खाल उतार आकाश में उड़ चला तो राजकुमारी ने चुपके से मेंढ़क का खोल जला दिया। अब तो परीजादा (राजकुमार) सदा के लिए बंधन से आजाद हो चुका था। राजकुमारी और परीजादा अब हँसी-खुशी रहने लगे। राजा को अंत में पश्चाताप हुआ।

...इस कहानी से हमें यही शिक्षा मिलती है कि हमें कभी किसी से ईर्ष्या नहीं करनी चाहिए। जितना हो सके, हम दूसरों के कार्य में मददगार बनें तथा ईर्ष्या करने की बजाय आपस में प्रेम से रहें।

ईर्ष्या एक अवगुण ही नहीं बल्कि रोग भी है। जिस मनुष्य के अंदर ईर्ष्या का भाव होता है वह कभी किसी क्षेत्र में उन्नति नहीं पा सकता। दूसरों को आगे

बढ़ता देख वह जलता है और अपने आपको सताता रहता है। ईर्ष्यावश औरों को बड़ी से बड़ी हानि पहुँचाने में भी वह नहीं हिचकिचाता। तनाव-मुक्ति के लिए ईर्ष्या भाव त्यागना अनिवार्य है।

(13) स्वपुरुषार्थ में लगे रहें

वेदों में धर्म, अर्थ, काम तथा मोक्ष आदि चार प्रकार का पुरुषार्थ बताया गया है। इस दुनिया में मनुष्य जो भी कर्म करता है, इन चारों में से किसी एक की प्राप्ति के लिए ही करता है।

मोक्ष का मतलब संसार के कष्ट तथा दुःखों से मुक्ति है। इस पुरुषार्थ में मानव ईश्वर की आराधना में लीन रहता है।

मनुष्य को चाहिए कि वह तनावमुक्त जीवन के लिए धर्म के कार्यों में रुचि ले। क्योंकि धर्म से ईश्वर प्रसन्न रहता है जिससे मनुष्य के मन में स्थाई शान्ति बनी रहती है। मानव को हर समय किसी न किसी कार्य में व्यस्त रहना चाहिए। जब आदमी अपने काम में लगा रहता है तो बेकार की बातों में अपना सिर नहीं खपाता तथा तनाव और उलझन से हर समय बचा रहता है।

स्वपुरुषार्थ का मतलब स्वउन्नति अथवा आत्मउन्नति से है। मनुष्य स्थूल कार्यों में लगा रहे, इसे स्वपुरुषार्थ नहीं कहते। वह एक प्रकार से शरीर निर्वाह अथवा आजीविका के लिए किया गया पुरुषार्थ है। जब मनुष्य आत्मचिंतन करता है तथा योग-साधना को महत्त्व देता है तो वह तनाव-मुक्ति तथा मन की स्थाई शान्ति अवश्य प्राप्त करता है।

(14) हंस व कमल-समान जीवन जियें

कमल पुष्प सुन्दर एवं न्यारा प्यारा जीवन जीने का प्रतीक है। हंस में निर्णय शक्ति प्रमुख होती है। तनावमुक्त जीवन जीने के लिए हमें इन दोनों प्रतीकों से शिक्षा लेनी चाहिए।

कहते हैं सरोवर का हंस बहुत सुन्दर होता है और वह कंकड-पत्थर छोड़ सदैव मोती चुगता है। इस लेखक ने जिस समय पक्षी-शास्त्र का डिप्लोमा किया था उस समय 300 प्रकार के भारतीय पक्षियों का अध्ययन किया था। उनमें कुछ हंस भी थे। वैसे तो हंस अपना ही भोजन (मछली इत्यादि) खाता है किन्तु बगुले पक्षी से उसकी श्रेष्ठता बताने के लिए कहा जाता है कि वह (बगुले की तरह कंकड़-पत्थर नहीं) मोती चुगता है। इसका मतलब, हंस बगुले से कहीं अधिक श्रेष्ठ होता है हंस के संबंध में नीरक्षीर-विषेक वाली बात भी कही गई है। कहते हैं कि वह पानी और

दूध को अलग-अलग कर देता है। उपरोक्त दोनों बातों से हंस पक्षी की श्रेष्ठ परख शक्ति, निर्णय शक्ति तथा ग्राहक शक्ति का पता चलता है।

इस संसार में अच्छे और बुरे दोनों ही प्रकार के लोग होते हैं जिन्हें हंस और बगुला कहा जाता है। हंस सदैव सबको सुख देते हैं। वे ज्ञान के मोती चुगते हैं जबकि बगुले सदा कपट भाव रख, दूसरों को दुःख देने का कार्य करते हैं और व्यर्थ बातों के कंकड़ पत्थर चुगते हैं। ज्ञान और अनुभव के मोती चुगने वाला व्यक्ति सदैव तनाव से मुक्त रहता है।

दूसरी बात कमल पुष्प समान जीवन जीने की है। कमल का फूल पंक (कीचड़ और पानी) से पैदा होता है फिर भी कीचड़ से अलग रहता है। इस संसार की बुराइयों तथा तनावग्रस्त जीवन के बीच रहकर भी यदि कोई सब बुराइयों एवं व्यर्थ के तनाव झंझट से दूर रहे तो उसे कमल पुष्प जैसा जीवन कहना चाहिए। पवित्रता के कारण कमल-पुष्प आज भी हमारे देश का राष्ट्रीय प्रतीक बना हुआ हैं।

(15) देश की तरक्की में सहायक हों

देशभक्ति की भावना मनुष्य के मन में शान्ति पैदा करती है। जब हम अपना स्वार्थ पूरा करने में लगे रहते हैं तो हमारा जीवन तनाव से ग्रसित रहता है किन्तु जब हम अपना स्वार्थ भूल अपने देश तथा देशवासियों के भले के बारे में सोचते हैं तो हमारे मन का तनाव स्वतः गायब हो जाता है। देश का सच्चा नागरिक वही है जो अपने देश की तरक्की के बारे में सोचे।

भारत माता किसी एक जाति, धर्म या सम्प्रदाय के व्यक्ति की नहीं बल्कि भारत में रहने वाले प्रत्येक व्यक्ति की माँ है। अपनी भारत माता को हमें बहुत आदर व सम्मान की दृष्टि से देखना चाहिए। आज से साठ-सत्तर वर्ष पहले जिस प्रकार हमारी भारत माँ पराधीनता में बँधी दुःख से कराह रही थी, उसी प्रकार आज भी दुःखी, अशान्त हुई प्रतीत होती है। भारत माता के हम सब सपूतों को चाहिए कि उसके दुःख को दूर करने का प्रयत्न करें। श्रेष्ठ कार्य की जिम्मेदारी लेने से व्यक्ति के मन का तनाव गायब हो जाता है। यदि हमने अपने देश तथा देशवासियों का दुःख-दर्द दूर किया तो भारत माँ हमको ढेरों आशीर्वाद तथा दुआएँ देगी जिसके कारण हमारा जीवन हमेशा के लिए तनावमुक्त बन जायेगा।

(16) संगठन में रहना सीखें

जब व्यक्ति सबको छोड़ अकेले रहना पसंद करता है तो उसे तनाव का रोग सताने लगता है। मनुष्य एक सामाजिक प्राणी है अतः उसे चाहिए कि वह संगठन

में रहे और सबके साथ कदम से कदम मिलाकर चले। दूसरे को अपना दुख-दर्द बताने से मन हल्का होता है तथा तनाव दूर हो जाता है। यदि आपको अपने दिल की बात किसी आदमी को बताने में शर्म आती है तो उसे ईश्वर से कहिए। हो सकता है भगवान आपकी पुकार सुन ले और आपका तनाव हमेशा के लिए दूर हो जाये। संगठन का त्याग कभी न करें। जहाँ अच्छे ज्ञानियों का समाज हो उस समाज के साथ हम जरूर उठें-बैठें। अच्छे लोगों की संगत का प्रभाव हमेशा अच्छा ही पड़ता है। जो लोग शान्तिपूर्वक तथा तनावमुक्त होकर जीवन जीते हैं उनके द्वारा शान्ति के शीतल प्रकम्पन वातावरण में फैलते हैं। जो कोई भी व्यक्ति उनके सम्पर्क में आता है, उसके मन का तनाव स्वतः ही दूर हो जाता है। आपने ऐसे कई सिद्ध पुरुषों के बारे में सुना होगा जिनके पास जाने से रोग-दुःख अपने आप मिट जाते हैं। वास्तव में यह मनुष्य की तपस्या का प्रभाव है।

कई व्यक्तियों के समूह को संगठन कहते हैं। यह संगठन अच्छे और बुरे कई प्रकार के होते हैं। हमें ऐसे संगठन अपनाने चाहिए जो हमेशा हमारे हित का ख्याल रखते हों, उनके द्वारा किसी को कोई कष्ट नहीं पहुँचता हो तथा जो देश की तरक्की में हमेशा सहायक होते हों। संगठन में रहने से व्यक्ति के अन्दर सामर्थ्य आती है। वह हँसी-खुशी जीवन व्यतीत करने लगता है।

(17) प्रकृति-प्रेमी बनें

प्रकृति-प्रेमी होने का मतलब है प्राकृतिक-सौन्दर्य से प्रेम करना। हरे-भरे पेड़ पौधे, नदी, तलाव इत्यादि सब चीजें प्रकृति की हैं। एक चित्रकार अथवा कवि इन सभी चीजों से प्रेम करता है इसलिए वह तनावमुक्त रहता है। साधारण मनुष्य को भी चाहिए कि वह भी प्रकृति के इन सब उपादानों से प्रेम करना सीखे। सुन्दर वस्तु को देख मन को शान्ति मिलती है। प्रकृति-प्रेमियों की नजर में प्रकृति की हर वस्तु सुन्दर, पूर्ण, शान्तिप्रद तथा उल्लासमयी है। चाहे आकाश में छाये बादल हों, वर्षा की नन्ही नन्ही-बूदें हों या फिर कोयल की मधुर आवाज ही क्यों न हो, प्रकृति-प्रेमी व्यक्ति को इन सबसे बड़ा आनंद मिलता है। प्राकृतिक सौंदर्य को निहारते रहने के कारण उसका मन और दूसरी चीजों की ओर नहीं जाता।

(18) साहित्य, कला तथा संस्कृति में रुचि लें

साहित्य का विषय कलाक्षेत्र में आता है। कला विषय के अन्तर्गत और भी बातें सम्मिलित की जाती हैं जैसे चित्रकला, संगीत इत्यादि। संस्कृति का संबंध ऐतिहासिक गौरव और प्राचीन धरोहर से है। जो लोग अच्छा साहित्य (जैसे कि

अच्छे नाटक, कहानी, कविता इत्यादि) पढ़ने में रुचि लेते हैं उनके लिए तनाव जैसे झंझट से मुक्त होना कोई बड़ी बात नहीं है।

साहित्य के अलावा हमें चित्रकला में भी रुचि रखनी चाहिए। खाली समय में आप कविता, छोटी-मोटी कहानी लिख सकते हैं अथवा चित्रकारी कर सकते हैं। इससे आपके समय का सदुपयोग भी होता रहेगा तथा आप तनाव से पूर्णतः बचे भी रह सकेंगे।

दूसरी बात है अपने देश के प्राचीन गौरव या भारतीय संस्कृति को पहचानने की। हमें अपने देश की संस्कृति से प्रेम करना चाहिए। संस्कृति हमारे देश की धरोहर है। वह बताती है कि जिस प्रकार पूर्व के महापुरुषों ने तथा इस देश के महान लोगों ने जीवन जिया, परोपकार में लगे रहे, हम भी वैसा ही श्रेष्ठ जीवन जियें। वह हमारी संस्कृति हमें ऊँचा मानव बनने की प्रेरणा देती है। वह हमें श्रेष्ठ जीवन जीने की कला सिखाती है। महात्मा गौतम तथा राष्ट्रपिता महात्मा गांधी जैसे आहिसांवादी महापुरुष आज भी हमारे आदर्श हैं। हमें उनके पद-चिन्हों पर चलने का प्रयत्न करना चाहिए।

(19) परिवार तथा समाज में सामंजस्य और एकता बनाये रखें

तनाव दूर करने का यह उपाय व्यक्ति के परिवार और समाज से सम्बन्धित है। इन दोनों से मनुष्य का बहुत गहरा रिश्ता होता है। अपने परिवार से व्यक्ति प्रत्यक्ष रूप से तथा समाज से अप्रत्यक्ष रूप से जुड़ा होता है। कभी-कभी व्यक्ति अपने परिवार के भरण-पोषण या पारिवारिक दायित्वों की पूर्ति में इतना खो जाता हैं कि वह अपने समाज को भूल ही जाता है। और कभी समाज के परोपकारिक कार्यों की व्यस्तता के कारण अपने परिवार को भूला रहता है। इन दोनों कारणों से उसके जीवन में तनाव की उत्पत्ति होती है। यदि व्यक्ति परिवार तथा परोपकार को समान रूप से महत्त्व दे, अपनी घर-गृहस्थी एवं समाज के बीच सभी प्रकार से संतुलन बनाकर चले तो तनाव जैसी समस्या उसे जीवन में उत्पन्न नहीं हो सकती।

(20) पशु-पक्षियों, पेड़-पौधों तथा मनुष्यों से प्रेम करना सीखें

किसी भी जीव-जन्तु की हत्या करना या पेड़ों की अंधाधुंध कटाई करना पाप हैं। उन्हें भी स्वतंत्रता से जीने का उतना ही अधिकार है जितना कि मनुष्य को। अगर हम पशु-पक्षियों से या हरे-भरे पेड़-पौधों से प्रेम नहीं करते तो जीवन में शान्ति तथा तनाव-मुक्ति कैसे प्राप्त कर सकते हैं। सभी जीव और पादप मनुष्य को

हर्ष प्रदान करते हैं। पशु-पक्षी तथा पेड़-पौधों के अतिरिक्त मनुष्यों से भी हमको प्रेम करना चाहिए। अगर हम किसी को प्यार तथा आदर-सम्मान नहीं देते तो हमको कौन प्यार करेगा और कौन आदर देगा?

कुछ लोग कहते हैं कि हमें किसी से प्रेम नहीं मिलता। वे इसी कारण प्रायः तनावग्रस्त रहते हैं। किन्तु प्रेम तो की हुई क्रिया की प्रतिक्रिया मात्र है। अगर हमने किसी को प्रेम नहीं किया होगा तो हमें प्रेम मिलेगा कहाँ से? इसलिए इस सम्बन्ध में किसी व्यक्ति को या दुनिया वालों को कोसना बेकार है। प्रेम की सबसे पहली शुरुआत हमको ही करनी होगी तभी हम सुखी व तनावमुक्त रह सकते हैं तथा औरों को भी तनावमुक्त जीवन जीने की प्रेरणा दे सकते हैं।

मनुष्यों के बीच प्रेम की मात्रा कम हो जाने के कारण ही तो आज संसार में तनाव का रोग बढ़ा है। प्रेम के व्यापार से हम इस प्रकार के तनाव से सदैव के लिए मुक्ति पा सकते हैं।

(21) आपसी घृणा, द्वेष, ईर्ष्या, वैरभाव तथा काम, क्रोध, लोभ, मोह, अहंकार आदि मनोविकारों का त्याग करें

उपरोक्त विषय इस पुस्तक का सबसे लम्बा शीर्षक है। यह सत्य है कि आपस के घृणा भाव, द्वेष भाव, ईर्ष्या भाव तथा बैर भाव को और-काम, क्रोध, लोभ, मोह तथा अहंकार आदि पाँच विकारों का त्याग करके हम पूरी तरह तनाव से मुक्त हो सकते हैं। अगर हम इनमें से किसी भी बुराई के गुलाम हो जाते हैं तो हम तनाव के चक्कर में अवश्य फँस सकते हैं।

बैर भाव को ही ले लीजिए। अपने आपमें पतन का यह कितना बड़ा विषय है जिसके अंदर घृणा, ईर्ष्या, द्वेष क्रोध तथा अहंकार आदि अनेक बुराइयाँ आ सकती हैं। इन सब बातों से हमारा जीवन तनावयुक्त होकर बर्बाद हो सकता है। अतः जितना जल्दी हो सके, हम अपने अंदर से इस प्रकार के कलुषित भाव को निकाल दें तथा जिओ और जीने दो के सिद्धान्त को अपनाकर स्वयं को व सभी को प्रेम से रहने दें।

मनुष्य के मन में अशान्ति व तनाव पैदा करने वाली बुराइयाँ काम, क्रोध, लोभ, मोह तथा अहंकार जैसे मनोविकार हैं। योग-साधना से या ज्ञान के बल से यदि हम इन विकारों को खत्म कर अपने आपको पूर्णतः शुद्ध बना लें तो सदैव के लिए तनावमुक्त बन सकते हैं।

(22) आलस्य का भी त्याग करें

काम-क्रोध इत्यादि पंचशत्रुओं या पंचविकारों के अलावा एक छटवाँ

विकार, 'आलस्य' हैं। उसे मनुष्य का बहुत बड़ा शत्रु मानना चाहिए क्योंकि इसी के कारण मनुष्य को कर्त्तव्य मार्ग में बाधा आती है। आलस्य जीवन की प्रगति को रोकता है तथा आदमी को अकर्मण्य बनाता है। आलस्य के आ जाने से मनुष्य कुछ नहीं करना चाहता। बुरे विचार उसके मस्तिष्क में जन्म लेने लगते हैं। इन सब कारणों से उसके अंदर तनाव की लहर उत्पन्न होती है और वह तूफान के रूप में बढ़कर मनुष्य के मन की सुख-शान्ति तथा उसके जीवन की प्रगति को धूल में मिला देती है।

यदि हम चाहते हैं कि हम आलस्य और तनाव से बचे रहें तो हमें अपने खाली समय का सदुपयोग करना चाहिए। अपने खाली समय को हम सृजनात्मक तथा सकारात्मक कार्यों में लगायें तो तनाव से पूरी तरह मुक्ति पा सकते हैं।

(23) एकान्त के महत्त्व को समझें

मानसिक शान्ति के लिए एकान्त अनुभूति आवश्यक है। सच्ची शान्ति केवल एकान्त के क्षणों में ही मिल सकती है। इसलिए सारे दिन में थोड़े समय के लिए हमें एकान्त का अनुभव अवश्य करना चाहिए। एकान्त से मानसिक तनाव तो दूर होता ही है, व्यक्ति का आत्मविश्वास भी बढ़ता है। एकान्त-पसंद व्यक्ति कभी किसी से नहीं घबराता तथा वह समझदारी से प्रत्येक परिस्थिति तथा हर मुश्किल का सामना कर लेता है।

सच्चा एकान्त ईश्वर की शरण में ही मिलता है। जिन्होंने अभी तक ईश्वर को नहीं पहचाना है, उनके लिए जरूरी है कि वे किसी निर्जन स्थान पर, जैसे किसी बाग-बगीचे में जाकर एकान्त की अनुभूति करें और प्रकृति की सुन्दरता का आनंद लें। इससे वे जल्दी ही तनाव से छुटकारा पा सकते हैं।

(24) अपना स्वभाव मधुर, विनम्र, उदार तथा शीतल बनाये रखें

मनुष्य का स्वभाव उसके जीवन को बहुत प्रभावित करता है। व्यक्ति का स्वभाव सरल, मधुर तथा विनम्र हो तो उसके मन में सदैव शान्ति बनी रहती है। जो लोग स्वभाव से उदार तथा शीतल होते हैं उनसे किसी को नुकसान नहीं पहुँचता बल्कि औरों को लाभ ही पहुँचता है। वे स्वयं तनावमुक्त रह दूसरों को भी तनावमुक्त जीवन जीने की प्रेरणा देते हैं।

इसके विपरीत जो लोग कठोर और उग्र प्रकृति के होते हैं वे समाज को भय और कष्ट देने के सिवाय कुछ नहीं करते। ऐसे लोगों के सामने पड़ने से भी लोग घबराते हैं।

स्वभाव की कठोरता या उलझन तनाव का कारण अपने आप बन जाती है।

मनुष्य अपने स्वभाव को जितना ठंडा रखता है, तनाव उससे उतना ही दूर भागता है। एक नजर में, मनुष्य का अच्छा स्वभाव उसका मित्र तथा बुरा स्वभाव दुश्मन होता है। गीता में कहा गया है कि मनुष्य की आत्मा उसकी मित्र या शत्रु होती है। जब मानव अपनी भलाई तथा स्वोन्नति के बारे में सोचता है तो वह मन की शान्ति तथा, स्थाई खुशी पाता है। इस दृष्टि से वह अपना मित्र होता है किन्तु जब वह कुविचार, कुसंग तथा दुर्व्यसनों में फँस जाता है तो अपना अहित कर बैठता है और अपना शत्रु बन जाता है।

(25) सुनी-सुनाई बातों पर विश्वास न करें

जब हम किसी के मुख से अपने लिए बुरा सुन लेते हैं तो हमें तनाव और गुस्सा आने लगता है। उस समय हमारी भृकुटियाँ तन जाती हैं तथा हम कहने वाले के प्रति बुरा सोचने लगते हैं।

आपसे किसी ने कह दिया हो कि आपका पड़ोसी आपके बारे में बुरा कह रहा था तो ऐसा सुनकर आपको तनाव आयेगा और आप अपने पड़ौसी को मजा चखाने के बारे में सोचेंगे। इस प्रकार का सोचना हमारी अज्ञानता तथा नासमझी को बताता है। हमें किसी मामले में तब तक विश्वास नहीं करना चाहिए जब तक हम उसे अपनी आँखों से प्रत्यक्ष न देख लें किन्तु कभी-कभी मनुष्य की आँखें भी धोखा खा जाती हैं।

इस संसार में मनुष्य अच्छा भी कहते हैं और बुरा भी। मानव का स्वभाव है कि वह अपनी प्रशंसा सुनकर खुश होता है तथा निंदा की बात सुनकर गुस्सा हो जाता है। स्तुति या निंदा, दोनों प्रकार की परिस्थिति में हमें समान रहना चाहिए तभी हम पूर्णतः तनावमुक्त हो सकते हैं।

(26) बुरी बातों की ओर ध्यान न दें

हमारे समाज में अच्छी और बुरी, सभी प्रकार की घटनाएँ घटती रहती हैं। यहाँ बुरी बातें भी होती हैं और अच्छी भी। बुरी सुनकर या देखकर हमें तनाव आने लगता है किन्तु बुराई की ओर देखना एक प्रकार से कीचड़ या गन्दगी की ओर देखना है। इससे मनुष्य को सुख नहीं मिलता। बुराई सुनकर और बुराई महसूस कर मानव बुराई की ओर कदम बढ़ाता है तथा बुरे कर्मों में तत्पर हो जाता है। बुरे कार्यों के कारण मिलने वाले दुःख और तनाव के कारण मनुष्य का जीवन नरक के समान कष्टदायक बन जाता है। एक बार इस नरक में पड़कर मनुष्य महानता को कभी प्राप्त नहीं कर सकता।

"—बुरा जो देखन मैं चला, बुरा न मिलिया कोय।

जो मन खोजा आपना, मुझसे बुरा न कोय॥"

कवि की यह वाणी असत्य नहीं है। दूसरों के अंदर बुराई खोजने से पहले हमें अपना अंतर अवश्य टटोल लेना चाहिए। हो सकता है कि वह बुराई हमारे अंदर भी हो। तनावमुक्त जीवन का वरदान प्राप्त करने के लिए इस प्रकार की और भी बहुत सारी बातों की ओर ध्यान देने की आवश्यकता है।

(27) संगीत से प्रेम करें

संगीत मनुष्य को भगवान की ओर से दिया गया उपहार है जो व्यक्ति का जीवन तनावमुक्त बनाने के लिए होता है। जो लोग संगीत में रुचि लेते हैं तथा संगीत से प्रेम करते हैं वे व्यर्थ के तनावों में नहीं उलझते। उनका जीवन संगीत के कारण अत्यंत शांत और सुखी होता है। तनाव उन्हें तनिक भी स्पर्श नहीं करता। संगीत एक कला तो है ही, किन्तु वह मन के साथ किया गया एक समझौता भी है। जिन लोगों का स्वभाव कठोर होता है वे संगीत जैसे कोमल और सरल विषय से प्रेम नहीं कर सकते। केवल सरल, शान्त तथा मधुर प्रकृति के लोग ही संगीत का महत्त्व जान सकते हैं।

अच्छा और मधुर संगीत हृदय को छू लेने वाला होता है। वह चाहे सितार हो, बाँसुरी हो या अन्य कोई बाद्य यंत्र। कहते हैं संगीत से मानव तो क्या भगवान भी प्रसन्न हो जाता है। इसलिए संगीत जरूर सीखना चाहिए या संगीत सुनने में रुचि लेनी चाहिए। मानव की अन्य कलाओं की तरह संगीत भी अद्‌भुत कला है जिसका संबंध मनुष्य की श्रवणेन्दिय तथा उसके हृदय की भावनाओं से होता है।

(28) दूसरों की बातों को ध्यानपूवर्क सुनें, समझें तथा महत्त्व दें

कभी-कभी हम सिर्फ अपनी बात कहते जाते हैं, दूसरों की बात नहीं सुनते। इससे दोनों पक्षों के बीच तनाव तथा टकराहट उत्पन्न होती है। यदि हम दूसरों के विचारों को आदर देना नहीं जानते तो हमारे विचारों को कैसे आदर मिल सकता है? एक दूसरे के विचारों को सम्मान देने से हम वातावरण में उत्पन्न तनाव को काफी कम कर सकते हैं।

हमें दूसरों की बातें सदैव ध्यानपूर्वक सुननी चाहिए। हो सकता है उसकी बातों में किसी की भलाई हो। दूसरों की बातों के महत्त्व को समझ हमें अंतिम निर्णय कुछ समय तक के लिए छोड़ देना चाहिए। हो सकता है इतने समय में किसी समस्या को सुलझाने के लिए हमारे दिमाग में और अच्छी युक्ति आ जाये।

जब हम किसी की बात सुनने के लिए तैयार नहीं होते तो सामने वाले को गुस्सा आ जाता है। इससे हमें तनाव आने लगता है। तनाव आने की यह एक

खास वजह है अतः जितना हो सके, हम इस बात की ओर ध्यान दें तथा आदर-सत्कार, स्नेह भावना का प्रयोग कर अपने जीवन को तनावमुक्त एवं आनंदमय बनायें।

(29) अचानक किसी का दिल न तोड़ें

सभी लोगों की भावनाएँ अपनी अलग प्रकार की होती हैं। इसका मूल कारण उद्देश्य और निष्ठा का भिन्न-भिन्न होना है। हमारे देश में लोग अलग-अलग देवी-देवताओं या भिन्न-भिन्न जाति-धर्म को मानते हैं। किसी की नजर में कोई तो किसी की नजर में कोई धर्म अच्छा होता है। जब हम अज्ञानवश किसी की दिली भावना को नहीं पहचान पाते, उससे उल्टा सीधा कह बैठते हैं तो इंसान के साथ-साथ भगवान भी हमसे रूठ जाता है।

तनाव आने के कारणों में एक कारण किसी की भावनाओं को ठेस पहुँचाना या कटु वचनों से किसी का दिल तोड़ना है। कहते हैं कि मनुष्य की आह कभी खाली नहीं जाती। जब किसी का दिल दुखाया जाता है तो उसकी बद्दुआएँ तनाव का सूक्ष्म रूप बनकर मानव के मस्तिष्क में घूमती रहती हैं। दुख देने का प्रतिफल दुख देना ही होता है। हम जैसा दूसरों के साथ करते हैं वैसा ही पाते हैं। अगर हम किसी को सतायेंगे या किसी के ऊपर अन्याय करेंगे तो हमारे जीवन में भी क्लेश और अशान्ति फैलेगी।

(29) सहनशील, गंभीर तथा बुद्धिमान बनें

सहनशीलता, बुद्धिमता और गंभीरता से तनाव का काफी सीमा तक खात्मा किया जा सकता है। जो लोग सहनशील होते हैं वे कठिन से कठिन परिस्थिति में भी अपना धीरज नहीं खोते। गंभीरता से तनाव को आसानी से हल्का किया जा सकता है। बुद्धिमानी मनुष्य का विवेक कहलाती है। बुद्धिवान व्यक्ति समस्या आने से पहले ही उसे पहचान जाता है तथा समस्या से निपटने के उपाय खोज लेता है।

तनाव प्रायः मनुष्य की कमजोरी के कारण आता है। तनाव में व्यक्ति चिड़चिड़ा हो जाता है, इसके साथ ही साथ उसकी सहनशीलता भी जबाव दे जाती है। जो लोग प्रायः तनावग्रस्त रहते हैं वे थोड़े समय के लिए भी गम्भीर नहीं रह पाते। बुद्धिमानी से समस्या का निराकरण करने का उपाय उनको सूझता ही नहीं है। इस उपविषय का शीर्षक मात्र कोई स्लोगन या उक्ति नहीं बल्कि तनावमुक्त एवं सुखमय जीवन जीने का सूत्र है। सहनशील, गंभीर और बुद्धिमान

बनकर ही हम पूरी तरह से तनावमुक्त बन सकते हैं तथा दूसरों को भी तनाव-मुक्ति का उपाय सुझा सकते हैं। विद्वान, ज्ञानी तथा महान पुरुष बनने के लिए ये तीनों बातें तीन सीढ़ियों का काम करती हैं। जिन पर चढ़कर मनुष्य उन्नति का शिखर प्राप्त कर सकता है।

(30) वातावरण में शान्ति के प्रकम्पन फैलायें तथा सद्विचारों से वायुमण्डल शुद्ध बनायें

यह योग साधना के प्रयोग का सूक्ष्म विषय है। पाठकों के ज्ञान-लाभार्थ तथा उनके तनावमुक्त जीवन को ध्यान में रखते हुए हम यह उपाय बता रहे हैं। प्रत्येक वस्तु, जीव तथा मनुष्य के अलग-अलग प्रकार के प्रकम्पन या वायब्रेशन्स (Vibrations) होते हैं। वर्षा के प्रकम्पन ठण्डक के तथा अग्नि के उष्णता के होते हैं। कुविचार रखने वाले दुष्ट जनों के प्रकम्पन गंदे तथा मैले किस्म के होते हैं जबकि अच्छे विचार वाले लोगों के शुद्ध प्रकम्पन होते हैं।

कहते हैं भूत-प्रेतों की छाया काली तथा फरिश्तों की आकृति सफेद होती है। वास्तव में यह मनुष्यात्मा के सूक्ष्म प्रकम्पनों का प्रभाव है। जब कोई क्रोध करता है तो विक्षुब्ध प्रकम्पन वातावरण में फैलते हैं जिससे दूसरे लोगों को तकलीफ होती है तथा वातावरण में तनाव की मात्रा बढ़ती है। यदि हम चाहते हैं कि हमारे आसपास के वातावरण में तनाव न हो तो हम शान्ति की सूक्ष्म तरंगें (सुविचारों द्वारा) चारों ओर के वायुमण्डल में फैलायें। यह शान्ति हम शान्ति के सागर परमपिता परमात्मा से योग साधकर भी प्राप्त कर सकते हैं।

अच्छे विचारों से समाज का वातावरण सुधरता है तथा लोगों के मन का तनाव दूर होता है। अतः मनुष्य जीवन जीते हुए हमें इस प्रकार का पुरुषार्थ तथा परोपकार अवश्य करना चाहिए।

(31) व्यर्थ के प्रपंच तथा झंझटों से दूर रहें

कभी-कभी मनुष्य अपने जीवन की दिशा से इतना भ्रमित हो जाता है कि वह बेकार के पचड़ों में पड़कर अपना तन-मन और समय बर्बाद कर डालता है। जुए तथा सट्टे आदि की लत तथा धूम्रपान, शराब जैसे कुव्यसन इसी प्रकार के पचड़े ही तो हैं जो मनुष्य का जीवन बर्बाद कर देते हैं। किसी की चुगली करना, चोरी, ऊधम करना, भेद आदि बताना इसी प्रकार के बेकार के प्रपंच हैं। मनुष्य को चाहिए कि वह इस प्रकार के प्रपंचों से दूर रहे। किसी प्रकार के लड़ाई-झगड़े के बीच पड़ना भी एक प्रकार से तनाव व उलझनों को न्यौता देना है। मनुष्य के जीवन

की सुख शान्ति छीनने वाले इस प्रकार के प्रपंच और झंझट बहुत खतरनाक किस्म के होते हैं।

(32) दूसरों की खुशी में ही अपनी खुशी समझें

कभी-कभी कई लोग दूसरों के बढ़ते हुए धन-वैभव से ईर्ष्या करने लगते हैं। इसी ईर्ष्या भाव के कारण द्वेष, घृणा तथा वैर भाव पनपता है जो मानव की उन्नति में सर्वथा बाधक सिद्ध होता है।

तनाव एक तो अतृप्ति, असंतुष्टि से पनपता है; दूसरा उसका जन्म किसी भी प्रकार की अशुद्ध भावना से होता है। मनुष्य को चाहिए कि वह दूसरों की उन्नति, हर्ष एवं खुशी में ही अपनी खुशी समझे। इस प्रकार व्यक्ति पूरी तरह तनाव से मुक्त जीवन बिता सकता है।

हमें औरों की उन्नति से ईर्ष्या करने की बजाय उन्नति के लिए उनके द्वारा किये गये पुरुषार्थ तथा उपायों की ओर ध्यान देना चाहिए तथा उन उपायों द्वारा स्वयं भी उन्नति को प्राप्त करने में लग जाना चाहिए। जीवन की खुशहाली का यह सबसे आसान तरीका है।

(33) दिमाग तरोताजा तथा हृदय उल्लास से भरपूर रखें

जिए प्रकार ताजा पानी, ताजा दूध तथा ताजा फल मनुष्य के स्वास्थ्य के लिए लाभदायक होता है उसी प्रकार ताजा अथवा शुद्ध विचारों वाला दिमाग तथा उमंग-उल्लास से भरपूर हृदय मानव जीवन की उन्नति तथा उसके आत्मिक स्वास्थ्य के लिए लाभप्रद होता है।

पाठक यदि ज्ञान सत्संग तथा योग साधन में रुचि रखते हों तो मैं उनको एक राज की बात बताना चाहूँगा। बेकार की इधर-उधर की बातों से तो आदमी का दिमाग खराब हो जाता है। यदि आप सत्संग में रुचि लें, ज्ञान का श्रवण, मनन, चिंतन करें तथा योग द्वारा ईश्वर से मन की सुख-शान्ति प्राप्त करें तो आपका दिमाग हमेशा के लिए तरोताजा एवं तन्दुरुस्त रह सकता है। करीब आठ वर्षों के ज्ञानानुभव तथा योगसाधना के बल पर मैं ऐसा कहने का साहस कर रहा हूँ।

शुद्ध विचार मनुष्य के दिमाग को तरोताजा करने वाली सच्ची खुराक है। तनाव-मुक्ति के लिए दिमाग बिल्कुल फ्रैश होना आवश्यक हैं।

(34) कभी भूखे पेट न रहें और न भूखा सोयें

भगवान कभी यह नहीं कहता कि हम भूखे-प्यासे रहें, कई-कई दिन तक

खाना न खायें। जिन लोगों में सामर्थ्य और श्रद्धा होती है वे व्रत-उपवास रखते हैं। परन्तु कई लोग अपने दफ्तर दूकान या पढ़ाई-लिखाई के कार्य में इतना व्यस्त हो जाते हैं कि खाने की सुध-बुध ही भूल जाते हैं।

भोजन और निद्रा शरीर को तृप्ति दिलाती हैं जिससे तनाव का बोझ हल्का होता है। अतः समय पर खाना व सोना चाहिए। अधिक सोना व अधिक खाना भी स्वास्थ्य के लिए उतना ही हानिकारक है जितना कि बहुत कम सोना या बहुत कम खाना। खाने-पीने और सोने का हमारे जीवन में संतुलन बना रहना आवश्यक है।

भूखे पेट रहने से या भूखा सो जाने से हमारी अन्तरात्मा कभी संतुष्ट नहीं रह सकती और न ही इससे कभी मन का तनाव दूर हो सकता है। इस प्रकार की असावधानी से तो हम तनाव के बोझ को कम करने की बजाय और भी ज्यादा बढ़ा देते हैं।

(35) सदा सही दिशा में सोचें, समर्थ सोचें तथा दूसरों से अच्छी बातें कहें

आदमी का सही सोचना उसके जीवन को सही दिशा देने वाला होता है। अगर हम गलत सोचते हैं तो समझ लीजिए कि हम अपना ही अहित करते हैं। जब मानव व्यर्थ के सोच-विचारों में डूबा रहता है तो उसके जीवन में तनाव का बोझ बढ़ता है।

कुछ लोग कभी भी दूसरों से अच्छी बातें नहीं कर सकते क्योंकि उनके दिल में मैल होता है। सत्पुरुष हमेशा अच्छा सोचते हैं तथा दूसरों से उनके कल्याण की बात कहते हैं।

...तनाव दूर करने के उपरोक्त समस्त उपायों को अपनाकर, यदि हम चाहें तो पूर्ण तनावमुक्त जीवन बिता सकते हैं। अगले अध्याय में हम भय-भूतों को भगाने के तरीकों की चर्चा करेंगे क्योंकि तनाव के अतिरिक्त यह एक दूसरे प्रकार की समस्या है जो लोगों को रात-दिन परेशान करती रहती है।

16. भय के भूत को भगाने के तरीके

पिछले अध्याय में हमने तनाव को दूर करने के उपायों की चर्चा की थी। इस अध्याय में भय के भूत भगाने के चालीस तरीकों की ओर पाठकों का ध्यान दिलाया जाएगा।

मनुष्य के जीवन में भय आज उसी प्रकार व्याप्त हो गया है जिस तरह तनाव। क्या विभिन्न प्रकार के भयों को सम्पूर्ण रूप से भगाया जा सकता है? आइए, देखते हैं:—

(1) स्वयं सत्य का अन्वेषण करें

किसी वस्तु, घटना या व्यक्ति के ज्ञान की अपूर्णता के कारण मनुष्य के मन में भय उत्पन्न होता है। रात में दिखाई देने वाली वस्तु या जानवर की परछाईं को ही लीजिए। लोग डर जाते हैं कि कहीं वह परछाईं भूत न हो। इस मामले में संदेह का त्याग कर स्वयं सत्य का अन्वेषण करना चाहिए या सत्य को जानने का प्रयत्न करना चाहिए।

सत्य की सही-सही खोजबीन करके ही हम इस प्रकार के पैदा होने वाले भय से बच सकते हैं। (उदाहरण हेतु अध्याय पाँच के साहसी ग्रामीण कृषक तथा अध्याय चार के साहसी किरायेदार की घटना देखें।)

(2) कमजोर न बनें, हिम्मत रखें

कभी-कभी डरपोक स्वभाव होने के कारण मनुष्य को दूसरों से भय लगने लगता है। जो शक्तिहीन होता है वह सदैव शक्तिशाली व्यक्ति से घबराता है। हिम्मतहीन व्यक्ति सदैव डरपोक किस्म का होता है। यदि मनुष्य अपने मन में आत्मविश्वास कायम रखे तो वह हिम्मत और आत्मबल, दोनों प्राप्त कर सकता है।

यह भी कहते हैं कि भूत और कुछ नहीं बल्कि मनुष्य की स्वयं की कमजोरियाँ, उसके अशुद्ध विचार होते हैं। हिम्मत रखकर मनुष्य अपनी बुराइयों रूपी भूतों का सामना कर सकता है।

जो लोग सच्चे साधक पुरुष होते हैं वे आत्मविश्वास तथा आत्मबल के धनी

होते हैं। ऐसे लोगों को कभी किसी से भय नहीं लगता। सिकन्दर के समय भारत में एक ऐसा हिम्मतवान ऋषि जो विश्वविजेता सिकन्दर से भी नहीं डरता था और न ही उसने उसके आगे झुकना स्वीकार किया (अध्याय चार में देखें) जब मनुष्य हिम्मत हार जाता है तो भयभीत होने लगता है।

इसलिए कमजोरी का त्याग करना चाहिए।

(3) अपने आपको किसी से कम न समझें

जब हम स्वयं को दुर्बल या कमजोर समझने लगते हैं तो भय हमारे अंदर अपनी पकड़ जमा लेता है। जब हम किसी के आगे अपने आपको असमर्थ या अविशिष्ट समझते हैं तो यह भय हमारे भीतर घुस आता है। दूसरों को विशेष मानना और अपने को कुछ न मानना आत्मविश्वास की कमी को प्रकट करता है।

जिस मनुष्य में आत्मविश्वास कम होता है वह विभिन्न प्रकार के भय और संशयों से घिर जाता है। इसके पश्चात ही शुरू होता है मानव का पतन। आप अपने मन में भय की संभावना को कभी न जमने दें और सदा अपने को एक विशिष्ट व्यक्ति समझकर चलें।

(4) विज्ञान तथा तर्क का सहारा लें

विज्ञान मनुष्य का अंधविश्वास दूर करने में बड़ी मदद करता है। संसार के प्रसिद्ध जादूगरों में से एक का कहना है कि हमारे जादूगरी के कारनामों के पीछे विज्ञान का बहुत बड़ा हाथ है। जादू की बहुत सारी क्रियाएँ जैसे कि कलश से पानी का गिरना, आग पर चलना तथा ऐसी बहुत सारी क्रियाओं के पीछे विज्ञान का बड़ा हाथ रहता है।

पहले भूत-प्रेतों की बातों को सच माना जाता था किन्तु बाद में विज्ञान के आविष्कारों ने सिद्ध कर दिया कि यह मानव की महज एक कल्पना है। आज बहुत कम ही लोग भूत-प्रेतों की बात पर विश्वास करेंगे। आज का मानव अपने कर्म में इतना व्यस्त हो गया है कि उसके पास यह सब सोचने का समय नहीं है।

यदि कोई अपनी बातों से हमें डराना चाहता हो तो हमें तर्क सिद्धान्त का सहारा लेना चाहिए। वैज्ञानिक दृष्टिकोण अपनाकर और तर्क के सहारे चलकर हम किसी भी प्रकार के भय को असत्य साबित कर सकते हैं। विज्ञान और तर्क की बातें मनुष्य को उसके जीवन की दिशा से भटकाने वाली नहीं, उसका आत्मविश्वास पुष्ट करने वाली होती हैं। भय को दूर करने के उपायों में विज्ञान एवं तर्क का उपाय बहुत शक्तिशाली तथा सच्चे किस्म का उपाय

है। विज्ञान का सहारा लेकर व्यक्ति कभी भी भय या अंधविश्वास के अंधकार में नहीं पड़ सकता।

(5) कुविचार मन में पलने न दें

जब मन में कोई बुरा विचार घर कर जाता है तभी भय उत्पन्न होता है। भय चाहे किसी मनुष्य से लगने वाला हो अथवा काल्पनिक ही क्यों न हो। मनुष्य जैसा सोचता है, वैसा ही उसे दिखाई देने लगता है। कभी-कभी हम दूसरों को डराने-धमकाने की बात सोचने लगते है या छोटों पर रौब झाड़ते हैं किन्तु स्वयं भयभीत होना तथा दूसरों को भय देना—ये दोनों ही बातें व्यक्ति को कमजोर बनाने वाली हैं। यदि हम किसी से भयभीत होंगे तो लोग हमें कायर या डरपोक कहेंगे और यदि हम किसी को भय देंगे तो लोग हमको बुरा कहकर अत्याचारी या अन्यायी घोषित करेंगे। अतः हम भयभीत होने तथा भय देने से बचें। मनुष्य के जीवन की खुशहाली के लिए यही अच्छा है कि वह सदा निर्भय होकर रहे तथा कभी किसी से घबराये नहीं।

पूर्व में भय नामक बुराई को मनुष्य का सातवाँ विकार कहा गया है। कामक्रोध आदि मनोविकारों के बाद आने वाली बुराइयों में से एक यह भी है। बुरे विचार ही भय की उत्पत्ति का कारण हैं।

(6) भूत-प्रेतों की बातों पर विश्वास न करें

भूत-प्रेतों की काल्पनिक बातें भय के क्षेत्र में गंभीर तरह के विषय हैं। मनुष्य को सबसे ज्यादा भय इसी प्रकार की डरावनी बातों से लगता है। मनुष्य को चाहिए कि वह भूत-प्रेतों की बातों पर विश्वास न करें। हो सके तो आप भूत-प्रेतों से सम्बन्धित (जादू टौने की) फिल्में देखना या डरावना साहित्य पढ़ना छोड़ दें। इसमें आपके ही जीवन का भला है।

भूत होते भी हैं या नहीं, कौन जानता है? लोग तो भगवान के अस्तित्व पर भी प्रश्न उठाते हैं फिर भूतों की बात तो छोड़ ही दीजिए क्योंकि उन पर किसी की भी श्रद्धा टिकी हुई नहीं होती। कहा जाता है कि भूत लोग मनुष्यों को भय तथा दुःख देते हैं फिर भी हम भूत-प्रेतों की बातें करना नहीं छोड़ते। भूत-प्रेतों की बातों को हमें सदा के लिए भूल जाना चाहिए।

भूत-प्रेतों की बातें कहने एवं सुनने में कोई सार नहीं है। आप इस प्रकार की व्यर्थ बातों की जगह ज्ञान की बातों का श्रवण कीजिए। इससे आपके जीवन में सुख-शान्ति का समावेश हो सकेगा।

(7) अज्ञान, अंधविश्वास तथा झूठी मान्यताओं से दूर रहें

जब कोई बच्चा अपने माता-पिता से या घरवालों से भूत-प्रेतो की कोई बात सुनता है तो उसके मन में डर बैठ जाता है। केवल सुनी हुई बातों पर विश्वास कर लेना व्यक्ति की अज्ञानता प्रकट करता है। फिर भी बच्चा आखिर बच्चा है! हमारे देश में बहुत तांत्रिक रहते हैं जिनके पास भूत-प्रेतों से पीड़ित व्यक्ति शरण लेने जाते हैं। इन सब बातों के चक्कर में व्यक्ति न फँसे तो ही बेहतर है। एक बार जब कोई किसी प्रकार के अज्ञान, अंधविश्वास या झूठी मान्यता के चक्कर में पड़ जाता है तो उसका जीवन बर्बाद हो जाता है। ये सब फिजूल की बातें मनुष्य को ऊँचा उठाने की बजाय उसके पतन में सहायक बनती हैं।

(8) ज्ञान और भगवान पर भरोसा रखें

ज्ञान एक ऐसी चीज है जिससे सब प्रकार के रोगों का इलाज हो सकता है। भय जैसी खतरनाक बीमारी का इलाज भी ज्ञान से किया जा सकता है। ज्ञान से मनुष्य के विवेक में जागृति आती है तथा वह भले-बुरे को परखने लगता है।

यदि ज्ञान हमारे जीवन की भय जैसी समस्या को सुलझाने में असमर्थ हो तो हमें सर्वशक्तिमान ईश्वर या परमेश्वर की शरण लेनी चाहिए। ईश्वरीय शक्ति वह शक्ति है जो सब कुछ संभव कर सकती है। ज्ञान और भगवान के सिवा अन्य कोई इस प्रकार की व्याधियों का निराकरण करने में असमर्थ है अतः मनुष्य को चाहिए कि वह धीरज से काम ले। यदि भय किसी के दिल में घर कर गया है तो इसमें रोने की बात नहीं है। भय जैसी समस्या से मुक्ति आज नहीं तो कल अवश्य मिल ही जाएगी। अगर मनुष्य जीवन जीने का हौसला बुलंद रखे तो वह अपनी जिन्दगी के पथ की हर बाधा को हटा सकता है।

ईश्वरीय शरण में किसी प्रकार का भय और संशय नहीं है अतः आस्तिक व प्रभुप्रेमी लोगों को ईश्वर की शरण बहुत सच्चे दिल से लेनी चाहिए।

कहते हैं, दुनिया में विश्वास सबसे बड़ी चीज है। यदि मनुष्य अपने ऊपर तथा ईश्वरीय शक्ति पर भरोसा करे तो वह हर प्रकार के भय पर काबू पा सकता है। आत्मविश्वास के धनी ईश्वर के सच्चे आराधक लोग अपना एवं समाज के दूसरे लोगों का भय हरने का उपाय करते हैं।

(9) किसी कार्य में जल्दबाजी न कर धीरज से काम लें

समझदार मनुष्य कभी अपना धीरज नहीं खोता। जल्दी के काम को शैतान का काम कहा गया है। शीघ्रतावश मनुष्य ऐसे कई अनर्थ के कार्य कर लेता है

जिसके कारण उसे पछताना पड़ता है। इससे भय को संभावना को प्रश्रय मिलता है। विवेकशील व्यक्ति हमेशा सब बातों से निर्भय और निश्चिंत होते हैं क्योंकि वे अपने सभी कार्यों को धैर्य के साथ और विधिपूर्वक करतें हैं।

जल्दीबाजी में जब कोई काम बिगड़ जाता है तो मनुष्य को डर लगता है। इससे मनुष्य के विकास की गति धीमी पड़ जाती है। जो व्यक्ति अपना धीरज खो देता है, जिन्दगी में उसका सब कुछ लुट जाता है। ऐसा व्यक्ति अपने जीवन में कभी सफलता प्राप्त नहीं कर सकता।

(10) भ्रष्ट नीतियों से काम न लें

जब कोई मनुष्य किसी भ्रष्टाचार में लिप्त होता है तो उसे अपने पकड़े जाने का डर लगता है। पिछले कुछ वर्षों में राज नेताओं ने करोड़ों रुपये के घोटाले किये और उनको पकड़ा भी गया। हमारे देश में आये दिन भ्रष्ट नेता, सरकारी कर्मचारी तथा भ्रष्ट अफसर लोगों को पकड़ा जाता है। वे सब के सब अत्यंत डरे हुए होते हैं। इसके अलावा जो व्यापारी लोग काले धन्धों से काला रुपया [Black Money] कमाते हैं उनको इनकम टैक्स या सी.आई.डी. (खुफिया पुलिस) द्वारा पकड़ लिया जाता है और वे भी भय से ग्रसित हो जाते हैं।

अगर हम चाहते हैं कि भविष्य में हम भय की संभावना से मुक्त रहें तो भ्रष्ट कर्म तथा अस्पष्ट नीतियों का त्याग कर हमें अच्छे कार्यों में लग जाना चाहिए। मनुष्य द्वारा किया गया भ्रष्टाचरण उसे भयभीत कर देता है तथा सदाचरण उसे भयमुक्त बनाता है।

श्रष्टाचार अच्छे भले लोगों के लिए नहीं होता। केवल बुरे और स्वार्थी लोग ही उसके द्वारा अपना उल्लू सीधा किया करते हैं। अब वह जमाना चला गया जब बुरे कार्यों का देखने वाला कोई न होता था। देश की जनता आज जागरूक हो गई है, इसलिए भ्रष्ट लोगों को स्वयं के पकड़ लिए जाने का भय बना रहता है। मनुष्य के सद्विचारों, अच्छी नीतियों तथा श्रेष्ठ कर्म में ईश्वर का आशीर्वाद निहित होता है जो उसे जीवन के प्रत्येक पल में निश्चिंत और अभय बनाता है।

(11) अपने आपसे सच्चे रहें

डरते वे लोग हैं जिनके मन में कोई दोष होता है। सच्चे दिल वाले कभी किसी से नहीं घबराते। हमें अपने घर-परिवार, समाज तथा देश के लोगों से सदैव सच्चाई से पेश आना चाहिए। अच्छी या बुरी कोई भी बात हम उनसे न छिपायें। हो सकता है, कोई व्यक्ति इस बात से गलत लाभ उठा ले; परन्तु हमें उसकी परवाह नहीं करनी चाहिए।

"सच...बिठोनच!"—यह एक सिंधी कहावत है। सच्चा व्यक्ति सदैव खुशी में नाचता रहता है। उसे किसी प्रकार का कोई भय नहीं सताता। न ही किसी बात की चिंता रहती हैं। संत पुरुषों के सारे काम समाज के भले के लिए होते हैं।

अपने आपसे, परिवार-समाज से तथा अन्य देशवासियों से सच्चा होने के साथ-साथ हमें ईश्वर के प्रति भी सच्चा और वफादार रहना चाहिए क्योंकि वही एकमात्र निर्भयता का स्त्रोत है।

जो मनुष्य अपने प्रति सच्चा रहता है, वही ईश्वर से सच्चा रह सकता है। यदि हम दूसरों की कमी-कमजोरियों को देखते हैं तो यह गलत है। दूसरों के अंदर झाँकने के पहले हमें अपने अंदर टटोलकर देख लेना चाहिए। हो सकता है जो कमी हम औरों के अन्दर ढूँढ़ रहे हैं वह हमारे अंदर हों।

स्वयं के अंदर आप किसी प्रकार की कमी या कमजोरी देखें तो उसे तुरत भुला दें वरना जन कमीरूपी छिद्र-के कारण आपके अंदर भय का भूत प्रवेश कर जायेगा और आप अपने को थोड़ा भी नहीं बचा सकेंगे।

यदि आप अपने अंदर कोई त्रुटि देखें तो समझदार लोगों से सलाह लें तथा उस त्रुटि को दूर करने का उपाय करें। साथ ही साथ भगवान के सामने स्वयं को छोटा बच्चा समझ अपनी भूल उन्हें बतायें। इससे आप हमेशा के लिए निर्भय व सच्चे बन जायेंगे।

(12) अन्तरात्मा से समझौता करना सीखें

कई प्रकार के भय अपने आपसे समझौता करके या अपने मन को समझाकर दूर किये जा सकते हैं। जब मानव अपने मन को मीत बना लेता है तो वह अपने मन से सुख-दुख की सारी बातें कहता है। पूर्व में कहा जा चुका है कि मनुष्य को अधिकतर भय अकेले में लगता है। जब मनुष्य अपने मन को साथी बना लेता है तो उसे भय नहीं लगता। भयास्पद यदि कोई बात होती भी है तो वह ज्ञान दृष्टि से, विवेक से या समझदारी से उस समस्या पर काबू पा लेता है।

जो लोग अपने आप से या अपने मन से समझौता नहीं कर पाते वे सदा अनिर्णय की स्थिति में, परेशान और समस्याग्रस्त रहते हैं। अपने आपसे समझौता करना—भय दूर करने के उपायों में बहुत अच्छा उपाय है। मनुष्य को चाहिए कि वह इस प्रकार के समझौते से काम ले तथा मन को समझाये।

(13) भयानक फिल्में न देखें और न ही कोई ऐसा साहित्य पढ़ें

आपने ऐसे कई बच्चों को देखा होगा जो भूत-प्रेत व जादू टोने से

संबंधित फिल्में देखने में रुचि लेते हैं तथा एकांत के क्षणों में डरते हैं। आजकल बेताल, डोडो, रेम्बो तथा पाताल भैरवी जैसी भयास्पद कौमिक्सें बाजार में आ गई हैं जिन्हें बच्चे बड़ी रुचि से पढ़ते हैं। इस प्रकार का साहित्य सचित्र होता है, काल्पनिक होता है तथा भूत-प्रेतों से सम्बंधित होता है। ऐसी सचित्र किताबें बच्चे के मन पर भयानक आकृति वाला चेहरा स्थापित कर देती हैं और बच्चा डरने लगता है। इस प्रकार के कुछ काल्पनिक उपन्यासों की लहर भी पुस्तक बाजार में चली है। अपने बच्चों तथा मित्र इत्यादि को इस प्रकार की निरर्थक फिल्मों तथा किताबों को न देखने-पढ़ने की भली सलाह दें ताकि वे भय के कारण होने वाले सर्वनाश से अपने जीवन को बचा सकें।

भयमुक्त होने के लिए शिक्षाप्रद कहानियाँ तथा ज्ञानवर्धक साहित्य हमें पढ़ना चाहिए। इससे आदमी के विचार श्रेष्ठ बनते हैं तथा वह अपने उन्नति-पथ पर अग्रसर होता है।

(14) नकारात्मक के बजाय सकारात्मक दृष्टिकोण अपनायें

आधा गिलास पानी को सकारात्मक विचारों वाला व्यक्ति 'पानी से आधा भरा हुआ गिलास' कहेगा जबकि नकारात्मक विचारों वाला उसी को 'आधा गिलास खाली' कहेगा।

नकारात्मक विचारों वाले लोग सीधी बात को सदैव उल्टी दृष्टि से सोचते हैं। इसलिए वे तनाव और भय से ग्रसित रहते हैं जबकि सकारात्मक विचारों वाला मानव वस्तु, व्यक्ति या घटना के सदैव सही पक्ष की ओर देखता है। उल्टी बात को भी सीधे तरीके से देखने के कारण वह सदा तनाव और भय से मुक्त रहता है।

अर्ध चन्द्र को देखकर व्यक्ति दो प्रकार के विचार मन में ला सकता है—

(i) यह कि चन्द्रमा सात या आठकला वाला है तथा (ii) कि चन्द्रमा पूर्ण कलाओं से बहुत कम है। प्रथम प्रकार के विचार सकारात्मक दृष्टिकोण वाले के तथा दूसरे प्रकार के विचार नकारात्मक दृष्टिकोण वाले व्यक्ति के हैं।

सकारात्मक विचारों वाले व्यक्ति की नजर हमेशा पूर्णता और अच्छाई की ओर ही होती है जबकि नकारात्मक विचारों वाला व्यक्ति पूर्ण में भी अधूरा या अच्छाई में भी बुराई देखने का प्रयत्न करता है।

भय का विचार अधिकतर नकारात्मक विचारों वाले लोगों के अंदर ज्यादा उठता है। आशंका से ऐसे लोग अपने दिमाग में भय का चित्र बना लेते है। सकारात्मक विचार मनुष्य के उत्थान में सहायक होते है जबकि नकारात्मक विचार

उसे नीचे गिराने वाले अथवा पतन में सहायक होते हैं।

(15) भयजनक परिस्थितियों को समझकर सावधानी से उनका निराकरण करें

ऐसा नहीं है कि आपके साथ कभी भयास्पद घटना न घटे। इस कलियुगी जगत में जिस प्रकार अन्य बुराइयाँ मानव के स्वभाव की अंग बन गयी हैं उसी प्रकार व्यक्ति का भय भी उसके जीवन का अंग बन गया है। यह भय किसी न किसी रूप में प्रत्येक व्यक्ति के जीवन में सताता है। भय से छुटकारा केवल सावधानी तथा समझदारी से ही किया जा सकता है। इसके लिए जरूरी है कि आप भय प्रदान करने वाली स्थितियों और परिस्थिति को अच्छी तरह समझ लें। अज्ञानता अथवा पूरी समझ न होने से अथवा असावधानी बरतने से व्यक्ति अनेक प्रकार के भयों का शिकार हो जाता है और अपने द्वारा बनाई हुई समस्या से पीड़ित रहता है।

जिन कारणों से भय की स्थिति पैदा हुई है, हम सावधानी से उनका निरीक्षण करें तथा सत्य को समझ उसे सभी के सामने प्रकट करें। ऐसा करने में हमें किसी प्रकार की हिचकिचाहट नहीं होनी चाहिए।

(16) मन को कलुषित न बनने दें

हम पहले ही जीवन में सच्चाई से चलने की बात कह चुके हैं। जो लोग सच्चे दिल वाले होते हैं उनके मन में किसी प्रकार का मैल या कलुष नहीं होता। ऐसे लोग सदैव निश्चिंत तथा निर्भय होकर जीवन जीते है।

जिनके मन में कोई बुरा भाव होता है उनकी नीयत का पता बातों से चल जाता है। हम अपने मन को मंदिर की भाँति स्वच्छ और पवित्र बनाने का प्रयास करें। मन को पवित्र तथा स्वच्छ बनाये रखने के कई उपाय हो सकते हैं। इनमें एक उपाय आध्यात्मिक ज्ञान और ईश्वर के प्रति रुचि का जाग्रत होना है। बहुत से लोग परोपकार तथा दान-पुण्य में व्यस्त रहते हैं। धार्मिक कार्यों में रुचि लेने के कारण उनका मन पवित्र रहता है। आध्यात्मिक साधना में सर्वप्रथम योगाभ्यास का विषय है जो मनुष्य को निष्कलंक बनाता है। मैं यह नहीं कहता कि पाठक गण भयमुक्त होने के लिए अपने सभी काम-काज छोड़ केवल योग साधना में ही लग जायें किन्तु सारे कार्य-व्यवहार करते हुए वे कर्मयोगी जीवन अवश्य व्यतीत कर सकते हैं। कर्मयोग में हमारे हाथ-पैर कार्य में व्यस्त रहते हैं जबकि हृदय भगवान के प्रेम में डूबा हुआ रहता है।

मेरा पाठकों से आग्रह नहीं, विनम्र निवेदन और सलाह है कि वे एक बार भारत के अति प्राचीन योग (राजयोग) के बारे में अवश्य जान लें। राजयोग वह तरीका है जो मनुष्य को भय एवं तनाव से मुक्त जिन्दगी प्रदान कर उसके उत्थान में सहायक होता है। यह एक प्रकार का मानसिक योग है जिसमें मन सर्वशक्तिमान परमात्मा के अखण्ड ज्योति स्वरूप तथा उनके महान गुणों के चिंतन में लगा रहता है।

(17) अधिक कोमल या सरल न बनें; दृढ़ता से चलें

वृक्ष की कोमल पत्तियों को कीड़े जल्दी खा जाते हैं। जो लोग अधिक कोमल या छुईमुई जैसे होते हैं उन्हें सारी दुनिया परेशान करती है। अगर आप अपने जीवन में दृढ़ता बनाये रखें तो कोई भी आपसे कुछ कहने वाला नहीं है। मनुष्य के दिमाग में भय की भावना तभी उत्पन्न होती है जब वह स्वयं को अपनी कोमलता की कमजोरी के कारण असुरक्षित महसूस करने लगता है। अत्यधिक कोमल प्रकृति के लोग किसी भी कार्य में जल्दी हिम्मत हार जाते हैं जबकि दृढ़ता रखने वाले बड़ी मजबूती से अपनी जिन्दगी का सफर तय करते हैं।

जिस प्रकार अधिक कठोर होना अस्वाभाविकता है उसी प्रकार अत्यधिक सरल होना असामान्यता है। व्यक्ति को चाहिए कि वह इन दोनों स्थितियों के बीच की स्थिति से काम ले अर्थात न ज्यादा कोमल बने और न स्वभाव से कठोर हो। सदैव अनुकूल स्वभाव रखने वाला व्यक्ति ही जीवन के सफर में निर्भय रहता है।

(18) आत्मविश्वास को अपना सच्चा साथी मानें

भय की समस्या से मुक्त होने के लिए ईश्वर को अपना सखा मानने की बात कही गई है, इसी तरह भयमुक्त रहने का एक और विषय आत्मविश्वास है। जो लोग आत्मविश्वास के धनी होते हैं वे अपनी सामर्थ्य पर भरोसा रखकर चलते हैं। यही कारण है कि उनको जीवन में कभी असफलता नहीं मिलती। आत्मविश्वास वाला व्यक्ति कठिन से कठिन परिस्थिति में भी अपना मार्ग बना लेता है।

आत्मविश्वास का मतलब है, अपनी आत्मा के ऊपर भरोसा करना। आज के समय में जब लोगों को आत्मा का ज्ञान ही नहीं है तो वे सच्चे आत्मविश्वासी कैसे बन सकते है? अतः सबसे पहले हमें अपनी अंतरात्मा का ज्ञान या आत्मज्ञान होना जरूरी है। जो लोग अपनी आत्मा को पहचान लेते हैं वे सभी प्रकार के भयों से मुक्त हो जाते हैं। इस कलियुगी जगत में अधिकांश लोग देह की आकर्षक और भौतिक वस्तुओं की जगमगाहट वाली माया में फँसे हुए हैं इसलिए वे प्रायः भयभीत रहते हैं।

(19) प्रकृति के रहस्य को समझें

प्रकृति का सम्पूर्ण ज्ञान भी मनुष्य को भयमुक्त करता है। वेदकालीन संस्कृति में आर्यों को इस बात का बड़ा भय लगा रहता था कि अगर इन्द्र देवता की स्तुति न की गई तो वे नाराज हो जायेंगे और हमारे खेतों में सूखा पड़ जायेगा। आज हम विज्ञान की मदद से जान गये हैं कि पानी जलचक्र के अनुसार बरसता है। पहले सागर से पानी भाप बनकर उड़ता है और फिर ठंडा होकर विभिन्न स्थानों पर बरसता है। आज शायद ही ऐसा कोई किसान होगा जो इन्द्र के कोप से डरता होगा। संचार माध्यमों द्वारा अब पहले से पता लग जाता है कि पानी कहाँ-कहाँ और कितना बरसेगा।

जल की तरह प्रकृति के समस्त तत्त्वों तथा प्रकृति निर्मित समस्त पदार्थों का एक निश्चित रहस्य है। जब हम उन रहस्यों को जान जाते हैं तो किसी भी बात से परेशान नहीं होते और न ही हमें किसी से भय लगता है। प्रकृति के रहस्यों को समझने के लिए हमें विज्ञान, तकनीकी और नये-नये आविष्कारों से सम्बंधित पुस्तकें पढ़नी चाहिए।

(20) निर्भय महापुरुषों के उदाहरण सामने रखें

निर्भय प्रकृति के महान पुरुषों में श्री राम, कृष्ण, अंगद, हनुमान, भीम, अर्जुन, महात्मा गौतम बुद्ध तथा महात्मा गांधी जैसे विशिष्ट भारतीय पुरुष सम्मिलित किये जा सकते हैं। इसी प्रकार महिलाओं में रानी सीता, कुन्ती, झाँसी की रानी लक्ष्मी बाई एवं कस्तूरबा गांधी जैसी विदुषी और वीर नारियाँ हैं। हमारे देश की धरती सदैव से ही वीर प्रसूता रही है। इन वीरों को जन्म देने वाली माताएँ भी वीरांगना रही हैं। जैसे शिवाजी, राजगुरु और चन्द्रशेखर की माँ। धन्य हैं वे भारतीय माताएँ जो ऐसे देशभक्त, वीर, निर्भय पुरुषों को जन्म देती हैं।

यदि हम इनमें से किसी एक महापुरुष के जीवन का उदाहरण सामने रखकर चलें तो आसानी से निर्भयता के श्रेष्ठ वरदान को प्राप्त कर सकते हैं। भयमुक्त बनने के लिए किसी न किसी महापुरुष का आदर्श हमें अपने जीवन में अपनाना चाहिए।

(21) सत्कर्मों में लगे रहें

जो लोग अपने कार्य में व्यस्त होते हैं उन्हें तनाव या भय जैसे फालतू विचार परेशान नहीं करते। अतः व्यक्ति को चाहिए कि वह सदैव किसी न किसी कार्य में लगा रहे। अगर आपके पास कोई कार्य नहीं है तो भला कार्य ढूँढ़ने का प्रयत्न

करना चाहिए। हमें ऐसे लोगों का विश्लेषण करना चाहिए जो अच्छे कार्यों में व्यस्त रहते हैं।

कार्य करने से मनुष्य को आन्तरिक खुशी मिलती है परंतु अत्यंत खेद की बात है कि हमारे देश में बेकारी बहुत है। लोग कार्य करने से जी चुराते हैं। जो लोग काम में व्यस्त रहते हैं उनमें से केवल थोड़े से ही सत्कर्म करने वाले होते हैं। शेष इधर-उधर के कार्यों में व्यस्त रहते हैं।

कार्य चाहे छोटा हो या बड़ा, अगर व्यक्ति उसे करने में लग जाये तो उसे भय का पता नहीं लगता। ऐसा व्यक्ति अपने कार्य में लगे रहने के कारण सदैव प्रसन्न रहता है।

(22) अपने तथा दूसरों के भ्रम, संशय मिटाने का प्रयत्न करें

हम पहले ही कह चुके हैं कि सुनी हुई बात पर मनुष्य को विश्वास नहीं करना चाहिए वरना भय का भूत मन में जन्म लेने लगता है। यह भय का भूत सीधे-सीधे नहीं आता। सबसे पहले व्यक्ति के दिमाग में किसी बात का भ्रम पैदा होता है और किसी मनुष्य के प्रति संशय आता है। अगर उसे किसी आदमी से हानि होनी होती है तो वह उसका ख्याल करते ही काँप उठता है। किसी करोड़पति भ्रष्ट नेता को कह दिया जाये कि तुम्हारे घर इन्कम टेक्स वाले या सी.बी.आई. वाले छापा डालने आये हैं तो उसकी क्या दशा होगी –(वह भय से काँपेगा) चोर को सदा पुलिस अफसर से डर ही लगता है।

यदि कोई आदमी भय के भ्रम से पीड़ित हो जाता है तो हमारा कर्त्तव्य है कि उसे सही बात बतलाकर उसके भ्रम दूर करें। यह केवल तभी हो सकेगा जब हम स्वयं सभी प्रकार के भ्रम और संशयों से मुक्त होंगे।

(23) सच्चाई को सबके सामने पेश करें

जब कोई चीज कहीं छिपी रह जाती है तो लोगों के दिमाग में भ्रम, संशय तथा भय जैसे रोग उत्पन्न करती है। जैसे पर्दे की बीबी और जानवर की रात्रिकाल में दिखाई देने वाली परछाईं। "जाने वह कौन होगा, क्या होगा, कैसा होगा?" इस प्रकार के भ्रममूलक प्रश्न तब आदमी के दिमाग में पैदा होने लगते हैं। अगर अँधेरे में आपका हाथ किसी मोटी रस्सी से छू जाये तो आपको सर्प के होने का भय लगेगा। दैनिक जीवन में इस प्रकार की कई बातों से हमारा वास्ता पड़ता है।

कभी-कभी अशिक्षा और कभी अज्ञानतावश ऐसा होता है। ज्ञान वह समझ है जो मनुष्य का अन्तर्मन प्रकाशित करता है। इससे आदमी को सब प्रकार की समझ आने लगती है तथा उसके सारे भ्रम, संशय मिट जाते हैं।

जब हम सच्चाई को जान लें तो उसे पूरी ईमानदारी के साथ दूसरों के सामने पेश करें। इससे लोगों के भ्रम-संशय दूर होंगे तथा भयमुक्ति का सुखद वातावरण बनेगा।

(24) असफलता से शिक्षा लें तथा भविष्य के प्रति नई-नई योजनाएँ बनायें

कई व्यक्तियों को जीवन में बार-बार मिली असफलता के कारण भय का भूत सताने लगता है। अपने भविष्य को लेकर बुरी-बुरी कल्पनाएँ उनके मन में जन्म लेने लगती हैं। सफल वही व्यक्ति होता है जो अपनी पराजय तथा असफलता से शिक्षा लेकर आगे कदम बढ़ाता रहे। वह पराजय के कारणों को पहचानकर अपने लिए नया रास्ता बनाता है तथा स्वयं के सुखद एवं सुन्दर भविष्य के लिए नई-नई योजनाएँ बनाया करता है।

नेपोलियन बचपन से ही महत्त्वाकांक्षी था। जब वह पाँचवीं या छठी कक्षा में पढ़ता था तो अपने सहपाठियों से कहता था कि वह बड़ा होकर सारे देश जीतेगा तथा विश्व पर राज्य करेगा। इसी प्रकार सिकन्दर का उदाहरण हमारे सामने है। कहते हैं एक बार जब उसकी सेना के पैर आगे बढ़ने से लड़खड़ाने लगे तो उसने चीखकर सैनिकों से कहा, "अगर तुम्हें पीछे ही लौटना है तो सबसे पहले मेरी लाश पर से होकर गुजरो।" सिकन्दर के इतना कहते ही सारी सेना में जोश आ गया और वे आगे बढ़े।

समुद्र लाँघने के लिए इसी प्रकार का जोश जामवंत द्वारा हनुमान को दिलाया गया था। सुग्रीव हार-हारकर भी बालि से लड़ता रहता और अंत में उसने राम की मदद से बालि पर विजय प्राप्त की।

जीवन में ऐसी कई परिस्थितियाँ आयेंगी जब असफलता के कारण हमें निराश होना पड़ेगा। संकट के ऐसे समय धीरज से काम लेकर हमें अपनी मंजिल तय करनी होगी तभी हम विजय को पा सकेंगे।

(25) विसंगतियों से दूर रहें

संगति और विसंगति—ये दोनों शब्द एक दूसरे के सापेक्ष हैं। एक शब्द को अच्छे अर्थ में तथा दूसरे को अन्य अर्थ में ग्रहण किया जाता है। ये दोनों शब्द ठीक उसी तरह से हैं जैसे सम और विषम शब्द।

संगति साथ-साथ रहने या समान रुप से मिलने को कहा जाता है जबकि विसंगति का मतलब है—असमान रूप से मिलन। जब दो मनुष्यों के विचार असमान रूप से या विषम रूप से मिलते हैं तो उनके बीच तनाव या भय उत्पन्न होता है।

विसंगति या विषमता भय उत्पन्न करने वाले कारकों में से एक है। विसंगति में मनुष्य को सदा ही अपने भविष्य का भय लगा रहता है। वह विसंगति चाहे विचारों के सम्बंध में हो अथवा कार्य क्षेत्र के सम्बंध में। एक ही कार्यक्षेत्र पर अलग-अलग विचारों वाले व्यक्तियों के मिल जाने के कारण विसंगति पैदा होती है। इस प्रकार की विसंगति से उन्हें हर पल एक दूसरे का भय लगा रहता है। अतः जहाँ तक हो सके, विसंगति का त्याग करना चाहिए। विभिन्न प्रकार की विसंगतियों अथवा विभिन्नताओं को छोड़ यदि मनुष्य समता अपना ले तो उसकी भय जैसी सारी समस्याएँ दूर हो जाएँगी।

(26) आदर्श मानव बनें

मनुष्य को सदैव अच्छाई की ओर देखने का प्रयत्न करना चाहिए। आप भय तथा विभिन्न प्रकार के तनावों से मुक्त होने के लिए कोई आदर्श अवश्य चुन लें। आदर्श ऐसा व्यक्ति होना चाहिए जो विभिन्न प्रकार के तनाव, क्लेश, भय तथा समस्त द्वंद्वों से मुक्त हो चुका हो। जिसके जीवन में कोई दाग न लग पाया हो। ऐसा सम्पूर्ण व्यक्ति ही सबके लिए आदर्श हो सकता है।

महान बनने के लिए आदर्श चुन लेना अति आवश्यक है। जिन लोगों को कोई आदर्श व्यक्ति नहीं मिलता, वे भगवान को अपना आदर्श मान सकते हैं। परमेश्वर का आदर्श सबसे बड़ा आदर्श है। हमें चाहिए कि हम अपना जीवन आदर्श तरीके से व्यतीत करें। हमारे जीवन में (या हमारे स्वभाव संस्कारों में) ऐसी कोई बात नहीं होनी चाहिए जिससे दूसरों को दुःख पहुँचे। कभी-कभी व्यक्ति आदर्श बनने के बजाय (कुसंग के कारण) इतना बिगड़ जाता है कि उससे दूसरे लोग नफरत करने लगते हैं। मानव के चरित्र में उसका बुरा स्वभाव सबसे बड़ा धब्बा है।

(27) देश का सच्चा नागरिक बनें

प्रत्येक देशवासी देश का नागरिक होता है। जो लोग डरते हैं तथा जीवन में कायरता अपनाते हैं वे संकट के समय अपने देश के कभी काम नहीं आ सकते। सच्चे नागरिक के अंदर कई प्रकार की विशेषताएँ होती हैं। वह अपने देश के लोगों से प्रेम करता है, देश से प्रेम करता है तथा सही मायने में सच्चा देशभक्त होता है। अपने राष्ट्र की उन्नति में वह सहायक होता है।

जब हम सबको अपना भाई मानकर चलेंगे तो हमें डर किसका लगेगा? यदि भारत जैसे महान देश में रहते हुए हम किसी से घबराते हैं तो इसका मतलब हमारी दृष्टि में कोई दोष है। अगर ऐसा हो तो हमें ज्ञानी पुरुषों से सलाह लेनी चाहिए।

हो सकता है वे हमको भयमुक्त होने का कोई आसान तरीका बता दें या निर्भय बनने का मंत्र दे दें।

समय का अनुभवी मनुष्य हमेशा निर्भय होता है। ऐसे अनुभवी तथा बुजुर्ग व्यक्तियों के जीवन के अनुभव हमें अवश्य सुनने चाहिए। इससे हमारे दिल का संशय तथा भय काफी सीमा तक दूर हो सकता है।

(28) स्पष्टवादी बनें तथा अपनी नीति व विचारों को सभी के सामने स्पष्ट रूप से रखें

निर्भय व्यक्ति सदैव स्पष्टवादी होता है। अगर हम किसी से अपनी कोई बात छिपा लेते हैं तो हमें उस व्यक्ति से भय बना रहेगा। कभी-कभी हम अपने विचार दूसरों के सामने खुलकर नहीं बताते। हमें सदैव यही डर बना रहता है कि और लोग हमारे विचार एवं सिद्धान्तों को सुनकर बुरा-भला कहने लगेंगे।

जो लोग स्पष्टवादी होते हैं उनसे समाज के लोग निश्चिंत रहते हैं। वह व्यक्ति खुद भी समाज के लोगों से निर्भय रहता है। जब मन में कोई कपट होता है तभी सच्ची बात छिपाई जाती है। सच्ची बात न कहकर निर्दोष को बचाना दूसरी बात है। ऐसे केस बहुत कम होते हैं। अधिकांशतः लोग समाज से अपनी बात छिपा लेते हैं और बात का पता लग जाने की संभावना से भयभीत रहते हैं।

(29) अपना हृदय खुला रखें तथा दूसरों के विचारों का स्वागत करें

निश्चिंत और निर्भय बनने के लिए यह बात सबसे उपयोगी है। कभी-कभी हम इस बात से भयभीत हो जाते हैं कि दूसरे लोग हमारे बारे में बुरा तो नहीं सोचते?

मान लीजिए हमारे भीतर कोई अवगुण है और कोई व्यक्ति किसी से उस अवगुण के बारे में कहता है तो हमें आवेश में नहीं आना चाहिए। ऐसे समय हम शान्ति से काम लें। उस व्यक्ति को उसकी बात कहने दें तथा उसकी बात सुनने के लिए अपना दिल खुला रखें। जब तक हम दूसरों की बात सुनेंगे नहीं तो हमें अपनी गलती का पता केसे चलेगा? अतः इस मामले में भयभीत होने की आवश्यकता नहीं है। समझदार लोग निंदक को अपना मित्र मानते हैं क्योंकि वह हमें हमारी गलतियों के बारे में बताता है। प्रशंसक को सदैव अपना दुश्मन समझना चाहिए। प्रशंसक से कभी-कभी हमें अपनी भूलों का पता नहीं लग पाता और हम गलती पर गलती करते जाते हैं। निदंक से भयभीत होने की जरूरत नहीं है उसे तो सदा अपने पास रखना चाहिए।

(30) नैतिकता तथा अध्यात्म की नींव अपने आप में डालें

जो लोग भ्रष्ट तरीकों से अपना जीवन जीते हैं वे कभी भी भयमुक्त नहीं हो सकते। मनुष्य को चाहिए कि वह दूसरों के हित के लिए काम करें। मानवीय स्वभाव में नैतिकता का समावेश अवश्य होना चाहिए। आखिर नैतिकता ही तो उसके चरित्र की नींव है।

अध्यात्म से मनुष्य को आत्मबल तथा कई प्रकार की दिव्य शक्तियाँ प्राप्त होती हैं जिनमें एक है सामना करने की शक्ति। यह शक्ति योगाभ्यास के दौरान प्राप्त की जा सकती है। यह शक्ति प्राप्त हो जाने पर मनुष्य किसी भी बात से डरना छोड़ देता है तथा सब प्रकार की परिस्थितियों से सामना करने लगता है। सामना करने की शक्ति मनुष्य को सदा के लिए समर्थ तथा शक्तिशाली बना देती है। अध्यात्म अपने आप में स्वयं एक बल है। वह मनुष्य को निर्भयता एवं हर्ष प्रदान करता है।

(31) अधीर, असहिष्णु तथा व्याकुल न हों

अधीरता व्याकुलता को लाती है और व्याकुलता एक प्रकार की कमजोरी है। व्याकुलता में मनुष्य उतावला बन जाता है तथा कोई भी काम आत्मविश्वास की मजबूती के बिना, शीघ्रतावश करने लगता है।

जो लोग जल्दी ही अपना धीरज खो बैठते हैं वे जल्दी ही अपनी हार मान बैठते हैं और भयभीत हो जाते हैं। उपरोक्त बात पूर्व में कही जा चुकी है। अधीरता का हमें त्याग कर देना चाहिए। भयमुक्त बनने के लिए हम अपना हर कार्य समझदारी से तथा विधिपूर्वक करें। ऐसा करने से त्रुटि की संभावना बहुत कम हो जाती है। मनुष्य अपनी किसी भी प्रकार की त्रुटि या गलती से घबराता है। जब त्रुटि की संभावना ही समाप्त हो जाएगी तो भय भला किस बात से लगेगा?

अधैर्य, असहिष्णुता तथा व्याकुलता मनुष्य को कमजोर बनाती है, समर्थ नहीं। असमर्थता से भय जैसी हानिप्रद चीज की उत्पत्ति होती है।

(32) भविष्य के प्रति आशा रखें

जीवन पथ में खूब अच्छी तरह से या प्रसन्नतापूर्वक चलते हुए कभी-कभी मनुष्य को अपने भविष्य के प्रति आशंका होने लगती है। वह सोचने लगता है कि कल उसका क्या होगा? गरीब आदमी भविष्य के बारे में सोचकर बहुत घबराता है। धनवान लोग भविष्य में धन की सुरक्षा की चिन्ता से भयभीत रहते हैं। इस प्रकार से निर्धन हो या धनी, सभी को भय लगभग समान रूप से सताता है।

अपने भविष्य के बारे में कुछ भी अशुभ सोचने की बजाय हमें जीवन से आशा रखनी चाहिए और आने वाले कल के बारे में सदा शुभ सोचना चाहिए।

भविष्य कल के गर्भ में छिपा हुआ है। कल के बारे में कोई निश्चयपूर्वक नहीं कह सकता है कि कल क्या होगा? मानव के हाथ में केवल वर्तमान है। अतः वह भविष्य की चिन्ता छोड़ अपने वर्तमान के बारे में सोचे तथा अच्छे कामों से उसे (वर्तमान समय को) सुधारने का प्रयत्न करे।

(33) कार्य की असिद्धि का भाव त्याग दें

सिद्धि और असिद्धि की कहानी मनुष्य के विवेक, आत्मबल, आत्मविश्वास, कार्य के प्रति निष्ठा व लगन के साथ चलती है। जो लोग लगनपूर्वक अपने कार्यों में व्यस्त रहते हैं उन्हें कार्य की सिद्धि अवश्य प्राप्त होती है।

कभी-कभी कर्मपथ पर ठीक चलते हुए हमें कार्य की असिद्धि या असफल हो जाने की आशंका होने लगती है। यह एक प्रकार का नकारात्मक दृष्टिकोण है। मनुष्य को सदैव आशावादी होना चाहिए तथा सकारात्मक दृष्टिकोण अपनाकर कार्य की सिद्धि के बारे में सोचना चाहिए। अपने कर्म की लगन में हम ऐसा पुरुषार्थ करें कि हमारा कार्य सफल होकर रहे तथा कार्य की सिद्धि हमें प्राप्त हो।

जीवन में हमें कहीं असफलता मिल भी रही हो तो हम पुनः प्रयास कर उस असफलता को सफलता में अथवा असिद्धि को सिद्धि में बदलने की सोचें।

(34) सबको अपना मित्र समझें

मित्रता एक ऐसी चीज है जो जीवन का सफर आसान कर देती है। कभी-कभी लोग एक दूसरे को अपना विरोधी या दुश्मन समझने लगते हैं। शत्रुता का भाव मनुष्य के मन में भय उत्पन्न करता है।

अजातशत्रु उन लोगों को कहते हैं जिनका शत्रु कोई नहीं होता। ऐसे लोग सभी को अपना मित्र मानकर चलते हैं। यदि हम शत्रुता का भाव त्यागकर सभी को अपना मित्र व शुभचिंतक मानें तो हमारे मन में कभी भय की उत्पत्ति न होगी। इस प्रकार हम सदा निर्भय और निश्चिंत जिंदगी जी सकते हैं।

कहते हैं बुरे वक्त में अच्छा दोस्त ही अपने काम आता है। हमें किसी से मदद पाने की कामना नहीं रखनी चाहिए। हम दूसरों से सहायता पाने के बजाय खुद समर्थ बन सदैव दूसरों के सहायक हों। समर्थ व्यक्ति कभी भी किसी से कुछ पाने की इच्छा नहीं रखता। वह तो एक अच्छे दोस्त की तरह सदा ही दूसरों की मदद किया करता है।

(35) सहयोग से काम लें

यदि कोई समस्या हमसे हल नहीं हो पा रही हो तो हम घबराने की बजाय हिम्मत से काम लें और अच्छे लोगों की सलाह माँगें। इस मामले में हमें सदैव सहयोग से काम लेना चाहिए। अपने सुख-दुख दूसरों के साथ बाँटने से मन का तनाव व भय दूर होता है।

सहयोगी सबसे सच्चा योगीपुरुष होता है। जो व्यक्ति सबके काम में मदद करता है वही सच्चा सहयोगी है। इस प्रकार की सेवा में बहुत सारे अनुभवों की प्राप्ति होती है जो व्यक्ति को जीवन का अनुभवी बनाती है।

आप हमेशा सहयोग देना व लेना सीखें। यदि कोई व्यक्ति आपको मदद कर रहा है तो आप ना न करें। आप हँसी-खुशी उसकी मदद लें तथा प्रतिफल में हमेशा उसकी मदद करते रहें। सहयोग भावना से किसी को भी अपना बनाया जा सकता है। स्नेह और सहयोग—ये दो उपाय हमको भगवान का प्रिय तथा समाज का शुभचिंतक बना देते हैं। भय के क्षणों में सहयोग करके हम किसी को भी भय से मुक्ति दिला सकते हैं।

(36) अकेलेपन के अहसास से बचें

अकेलेपन का अहसास व्यक्ति को कभी-कभी बहुत दुर्बल बना देता है। इससे भय के संस्कार उसके अंदर प्रवेश करने लगते हैं। इस प्रकार की विपदा से बचने के लिए आप अपने आप को कभी अकेला न समझें। यदि और कोई आपके साथ नहीं है या आपका साथ देने को तैयार नहीं है तो भगवान आपके साथ है। आप प्रभु को ही अपना साथी मानकर चलिए। भगवान के होते हुए कोई भी व्यक्ति अनाथ और अकेला नहीं हो सकता।

अकेलेपन का अहसास इतना खतरनाक होता है कि कभी-कभी व्यक्ति इसके कारण आत्महत्या तक कर लेता है। बहुत से लोग अपने आपको अकेला समझकर सदैव कुंठित रहते हैं तथा भयभीत होकर जीवन बिताते हैं। हम चाहें तो भगवान के साथ-साथ मन को भी अपना मित्र बना सकते हैं और दुःख-सुख की बातें उससे कह सकते हैं।

अकेलेपन में मनुष्य प्रायः घबराता है लेकिन यदि वह सारे संसार को अपना समझे और सभी को अपना मित्र माने तो सदा भयमुक्त जीवन जी सकता है।

(37) निराधार व असत्य बातों का त्याग करें

जीवन की बहुत सी बातें अच्छी और बुरी होती हैं। असत्य हमेशा बुरा हुआ

करता है। वह व्यक्ति को भयभीत एवं दुखी बनाता है। इसी प्रकार इधर-उधर की बे सिर-पैर की बातें वा निराधार बातें भी मनुष्य के मन को विचलित कर देती हैं। इन्ही सब कारणों से मानव के मन में भय का बीज पनपता है।

किसी भी प्रकार की निराधार तथा असत्य बात मनुष्य के जीवन को लाभ पहुँचाने की बजाय हानि ही पहुँचाती है। इनसे मनुष्य का जीवन बर्बाद होता है तथा वह मन से खोखला बनता जाता है।

यह मनुष्य के वश की बात है कि वह जैसा चाहे अपने आपको बना ले। यदि वह चाहे तो निराधार बातों व झूठी बातों का त्याग कर सच्चा जीवन जिये तथा ध्येय को लेकर आगे बढ़े। जो व्यक्ति सोद्देश्य जीवन जीते हैं वे अन्य बातों में अपना सिर नहीं खपाते। अर्जुन के ध्यान की तरह उनकी निगाह केवल अपने लक्ष्य की तरफ ही होती है। सत्य मनुष्य को निर्भय बनाता है तथा उसे जीवन की स्वतंत्रता देता है।

(38) हर दिन अपने आपको मंगलशाली समझें तथा कभी भी स्वयं को या दुर्भाग्य को न कोसें

कुछ लोग अपने जीवन में इतने उदास, निराश तथा दुःखी हो जाते हैं कि सदा अपने भाग्य को कोसते रहते हैं। किसी भी कारण से अपने आपको कोसना स्वयं को भयभीत तथा तनावग्रस्त बनाना है।

अगर हम दुर्भाग्य शाली होते तो हम भगवान के बच्चे ही क्यों होते? फिर भी, हम सब ईश्वर की संताने हैं और सर्वश्रेष्ठ ईश्वर की संतान होने के कारण हममें से प्रत्येक मनुष्यात्मा विशिष्ट है।

अगर हम अपने बारे में सदा अच्छा सोचेंगे तो हमारा भला होगा। मनुष्य अपने विचारों से जैसा चाहे वैसा बन सकता है। मनुष्य के सद्विचार उसे अच्छा बनाते हैं तथा बुरे विचार उसे हमेशा के लिए बुरा बना देते हैं। बुरा मनुष्य अपने दुर्विचारों अथवा कुविचारों के कारण सदैव दूसरों से डरा-डरा रहता है। स्वयं को मंगलवान समझने से अपने जीवन में सदा मंगल ही होगा।

(39) दूसरों को दोष न दे अपनी गलती ढूँढ़ें

अधिकतर हम अपनी विशेषताओं तथा दूसरों की गलतियों की ओर ध्यान दिया करते हैं किन्तु जिन गलतियों को हम दूसरों के अंदर देख रहे हैं, हो सकता है वे हमारे अंदर भी हों। हमें बुरे लोगों से भी कभी घृणा नहीं करनी चाहिए। उनकी बुराइयों से हम अवश्य घृणा कर सकते हैं।

घृणा व द्वेष भय के जनक हैं। कभी-कभी हम अपनी गलती छिपाने के लिए

दूसरों को दोष दिया करते हैं तथा अपनी बात को सच साबित करना चाहते हैं। इससे हमारे हमारे अंदर भय और बढ़ता है। अपने आपको बचाने के लिए मनुष्य क्या-क्या नहीं करता। स्वयं को दोषमुक्त बनाने के लिए वह न्याय-अधिकारियों तथा पुलिस आफीसरों को रिश्वत देता है तथा अन्य पक्ष के व्यक्ति की या अपने विरुद्ध गवाही देने वाले व्यक्ति की हत्या तक कर डालता है। इन सब बातों से उसके मन में भय कम होने की बजाय निरन्तर बढ़ता ही है। अपने आपको बचाकर निर्दोष व्यक्ति को अपराधी ठहराना अन्याय है।

(40) जीवन को जीवन की दृष्टि से जियें

एक और आखिरी बात आपको भयमुक्त जीवन जीने के लिए बताना चाहूँगा जिसके बारे में मैं पहले पूर्व में भी कह चुका हूँ। आप अपने जीवन को आदर्श प्रकार से व्यतीत कीजिए। कीटपशु की भाँति अज्ञानतापूर्वक जीवन जीने से अच्छा है कि हम मर्यादित तथा संयमित होकर जीवन जियें।

अगर हम भयमुक्त होकर एक आदर्श जिन्दगी जीते हैं तो यह हमारे लिए तथा समाज के लिए बहुत अच्छी बात होगी। भगवान की ओर से मनुष्य का जीवन एक अनमोल उपहार है। जीवन प्रभु की अमानत है। हमें सावधानी से इसका उपयोग करना चाहिए। हम अपने जीवन को हमेशा परोपकार के कार्यों में लगायें। तभी हम पूरी तरह भय से मुक्त हो सकते हैं।

17. तनाव एवं भय के विषय पर खुलकर चर्चा करने से लाभ

तनाव और भय किसी भी कारण से उत्पन्न क्यों न हुआ हो, वह प्रत्येक परिस्थिति में मनुष्य के लिए खतरनाक ही होता है। तनाव और भय से सम्पूर्ण देश को मुक्ति दिलाने के लिए हमारे देश में इस विषय पर खुलकर चर्चा की जानी चाहिए। तनाव और भय के समस्त कारणों (जिनमें से कुछ इस पुस्तक में बताये हैं) की जाँच कर इस विषय पर श्रेष्ठ साहित्य तैयार करवाना चाहिए तथा तनाव, भय से मुक्ति के लिए देश में जगह-जगह सेमीनार, सम्मेलन आयोजित किये जाने चाहिए।

खेद की बात तो यह है कि अभी तक हमारे देश में इस विषय पर अधिक काम नहीं हो पाया है। पुस्तकालय में मुझे ऐसी कोई पुस्तक नहीं मिली जिसमें तनाव एवं भय के कारणों की गहराई से जाँच की गई हो। भारतीय चिकित्सक तनाव का मुख्य कारण मस्तिष्क को लघु ग्रंथियों से होने वाला स्राव मानते हैं। तनाव और आनंद के लिए हमारे दिमाग में अलग-अलग ग्रंथियाँ होती हैं। (यह कारण तनाव का एक सूक्ष्म कारण है) परन्तु तनाव और भय का क्षेत्र केवल मस्तिष्क तक ही सीमित नहीं बल्कि जीवन में विशाल रूप से फैला हुआ है। यह तनाव और भय किसी भी कारण से मनुष्य को अपना गुलाम बना सकता है।

कई लोग अपने मन के भय की बात को सभी के सामने कहने में हिचकिचाते हैं। ऐसा नहीं होना चाहिए। तनाव एवं भय के विषय पर हमारे देश में जितना खुलकर बहस की जा सके, उतना अच्छा है। तभी प्रत्येक देशवासी इस प्रकार की बुरी बलाओं से मुक्त हो सकेगा। इस प्रकार की गंभीर चर्चा में हमें सबके अनुभव तथा राय जाननी चाहिए। हो सकता है, इस प्रकार की समस्या से मुक्ति दिलाने वाला कोई सार्थक उपाय निकल आये।

इस पुस्तक को लिखने का मूल उद्देश्य हमें अपने पाठकों तथा देश की जनता को तनाव एवं भय के कारणों की ओर ध्यान दिलाना था। कितना अच्छा हो कि हमारे देश की सरकार आगामी दोनों वर्षों में से एक को तनावमुक्ति वर्ष तथा दूसरे वर्ष को भयमुक्ति वर्ष घोषित कर दे। यदि सरकार की ओर से देश की

खुशहाली के लिए हमारे देशवासियों को ऐसा आदेश हो जाये तो कितना अच्छा होगा। संयुक्त राष्ट्र संघ (United Nation Organization) अथवा यू. एन. ओ. को भी चाहिए कि जिस प्रकार उसने पूर्व में 'गरीबी घटाओं वर्ष' बाल वर्ष युवावर्ष तथा शिक्षा वर्ष घोषित किये हैं उसी प्रकार वह आगामी दो वर्षों के लिए 'तनावमुक्ति वर्ष' तथा 'भयमुक्ति वर्ष' घोषित करे ताकि विश्व का प्रत्येक जन चैन की साँस ले सके।

तनाव एवं भय से मुक्त होने के लिए राष्ट्रीय तथा अन्तर्राष्ट्रीय स्तर पर कदम उठाये जाने चाहिए ताकि विश्व के प्रत्येक व्यक्ति का जीवन और भविष्य सुरक्षित हो सके।

व्यक्तिगत तौर पर भी यदि हम किसी दिन को 'तनावमुक्त दिवस' और किसी दिन को 'भयमुक्ति दिवस' मानकर चलें तथा इसी प्रकार तनावमुक्त सप्ताह। भयमुक्त सप्ताह मानकर चलें एवं उस दिन (या उस सप्ताह हम तनाव या भय को धारण न करने की प्रतिज्ञा करें तो हम प्रसन्नतापूर्वक अपना जीवन व्यतीत कर सकते हैं। स्वयं तनाव एवं भय से मुक्त होकर ही हम दूसरों को तनावमुक्त एवं भयमुक्त बना सकते हैं।

तनाव मुक्त बनें!

भय मुक्त रहें!!

□□□

www.ingramcontent.com/pod-product-compliance
Ingram Content Group UK Ltd.
Pitfield, Milton Keynes, MK11 3LW, UK
UKHW021311160826
14477UKWH00023B/377

9 789389 984354